거름 중에 제일 좋은
거름은 발걸음이여

거름 중에 제일 좋은
거름은 발걸음이여

2018년 10월 25일 초판 1쇄 펴냄

펴낸곳 도서출판 **삼인**

지은이 장인수
펴낸이 신길순

등록 1996.9.16 제25100-2012-000046호
주소 03716 서울시 서대문구 연희로 5길 82(연희동 2층)

전화 (02) 322-1845
팩스 (02) 322-1846
전자우편 saminbooks@naver.com

디자인 디자인 지폴리
인쇄 수이북스
제책 은정제책

©2018, 장인수
ISBN 978-89-6436-150-4

이 도서는 한국출판문화산업진흥원의 출판콘텐츠 창작 자금 지원 사업의
일환으로 국민체육진흥기금을 지원받아 제작되었습니다.

값 13,500원

거름 중에 제일 좋은
거름은 발걸음이여

아버지와 흙으로부터 배운 이야기

장인수 산문집

삼인

들판의 소년이 광야의 울음을 찾아서

소년의 고향은 충북 진천군 초평면이다. 초평草坪은 '풀이 무성한 넓은 들판'이라는 뜻이다.

들판에는 식물, 동물, 흙, 물과의 만남이 있다. 들판에서 태어난 소년은 수많은 동식물을 만나고 자연의 언어와 접속하는 삶을 살았다. 소년은 들판에서 미친듯이 걷고, 뛰어놀며 들판의 남자로 자라났다.

들판에는 에로스가 넘쳐났다. 우주의 태초적 공허인 카오스의 아들 에로스. 성애와 미의 여신인 아프로디테의 아들인 에로스. 에로스는 정열의 신일뿐만 아니라 풍요의 신이기도 했다. '풍년'은 농작물의 건강한 에로티시즘을 의미했다. 바람과 곤충들은 꽃의 암술과 수술의 만남을 돕고 꽃의 향기와 씨앗과 과즙을 풍성하게 한다. 가축들의 교미와 짝짓기. 풍년은 들판이 동식물의 러브호텔이 된다는 것을 의미했다. 들판에서 자라난 소년은 야생화, 개똥벌레, 염소, 물고기라는 에로스의 후예들과 뒤섞여 건강한 에로티시즘을 배웠다.

들판은 광야의 속성을 지니고 있다. 일망무제―望無際의 광활한 시공간, 깊이를 알 수 없는 고독과 적멸을 지닌 광야. 광야는 순례의 길이며 구도의 길이다. 광야는 로고스의 품성을 지녔다. 광야는 현실과 비현실의 경계를 허문다. 광야는 속세와 탈속의 경계마저 넘나든다. 광야는 땅과 하늘을 향해 울부짖는 짐승과 인간을 만날 수 있는 곳이다. 광야는 시련과 고행을 감내하는 곳이다. 광야는 원시의 과거로부터 먼 미래까지의 시공간이 섞여있는 아득한 길목이다. 들판의 에로스는 광야의 로고스에 닿아 있다. 들판에서 태어나 자라난 소년은 종종 광야의 로고스를 느끼면서 영혼을 길렀다.

들판을 흐르는 시간에는 탄력성이 있다. 멈칫멈칫 느리고 길게 흐르다 가속을 붙여 쾌속으로 흐르기도 했다. 가끔은 시간이 멈추고 그 자리에 서서 사람들을 바라보기도 한다. 이러한 시간에 대한 노출과 체험 없이는 들판의 깊은 속성을 파악하기 어렵다.

들판은 다양한 속성을 지녔다. 들판은 힘들다. 들판은 아프다. 들판은 늙었다. 들판은 쓸쓸하다. 들판은 따분하다. 들판은 가난하다. 들판은 불편하다. 들판은 어울려 살아야지 혼자서는 살기 어렵다. 들판 인심이 더 지독하다. 인심이 좋은 들판도 있지만, 인심이 나쁜 들판도 있다. 이웃과 사이가 좋아야 하겠지만, 그렇지 않은 경우도 많다. 경치와 공기가 맑은 들판도 있지만, 매우 탁한 들판도 있다. 기업형 축사가 들어서서 정화되지 않은 가축의 분뇨가 도랑과 시냇물로 흘러 역한 냄새가 진동하는 들판도 많다. 하지만 들판은 즐겁다. 들판은 도시보다 전원에 가깝고, 아늑하고, 평화롭다. 들판은 낭만적이고, 인정이 있고, 포근하다. 들판에는 에로스와 관능이, 생명력이 넘친다. 들판은 순례와 구도의 길이다.

무엇보다도 들판 사람치고 탁월한 이야기꾼 아닌 이가 없다. 한동네에서 태어나 별일 없으면 평생을 이웃에 살고, 매일 반복되는 논밭일이 전부인데 도대체 무에 새로운 얘깃거리가 있어 웃고 떠든단 말인가. 그래도 마주 앉으면 박장대소하며 서로 웃기고 웃는다. 들판의 사람들은 논밭일을 통해서도 웃음을 만들고, 이야기를 풍성하게 쏟아낼 수 있는 재주꾼이다. 늙을수록 말재주가 늘어나 사소한 일상에서도 재미와 통찰을 길어 올린다. 들판에서 자라난 소년은 시골 이야기꾼들과 대화하고 일하는 동안 그들의 웃음을 이 책으로 남기기로 했다.

요즘 소년에게는 부모님과의 대화가 가장 큰 즐거움 중 하나다. 부모님의 말 속에서는 낯설고 소소한 어휘들이 별안간 땅강아지나 벼룩처럼 톡 튀어나온다. '첫물떼기, 물걸러대기, 혼수, 땅심, 놀란흙, 새끼칠거름, 똘물, 바심, 눈꼽재기창' 같은 어휘는 물수제비처럼 자연과 삶의 파문이 되어 내 영혼의 수면을 치고 간다. 평소 나는 결코 쓸 일이 없는 어휘들이지만 부모님의 생소한 어휘들이 풍기는 매력을 조금씩은 알아가고 있다. 부모님의 언어는 농사꾼의 언어요, 길바닥에 너부러진 자갈 같은 언어요, 패랭이꽃 같은 언어다. 풀의 언어이며 가축의 언어다. 질경이와 바랭이와 망초가 자라는 곳에서 길어 올린 어휘들이다. 부모님이 쓰시는 속담이나 사투리는 대자연의 순연純然한 거름냄새며, 이슬이고, 야생화의 향기라고나 할까. 고등학교에서 27년 남짓 국어를 가르치는 들판 소년의 언어보다 폭넓고, 향기롭고, 쓸쓸하고, 재치가 넘친다.

소년은 서울 강남에 직장이 있고 분당의 아파트에 산다. 고층 빌딩이 번화한 도심에 살고 있지만 소년은 촌놈이라는 말을 가장 좋아한다. 어느새 쉰이 넘고, 27년을 교사로 밥을 축내고 있는 소년의 입에서 나오는 교양 있는 언어보다 시골 부모님이 사용하는 들판의 언어가 더 멋지다. 소년은 그 언어들을 받아 적어 이 책을 엮었다.

부모님은 자상하고 부지런하셨다. 나무와 짚으로 늘 무언가를 만들고, 숫돌에 식칼을 갈아 물고기와 닭을 능숙하게 잡으셨다. 아버지는 『동몽선습』과 『채근담』, 『소학』을 읽고 명리학에 밝으셨다. 『채근담茱根譚』을 특히 좋아하셨는데, '사람이 나물뿌리를 맛있게 씹을 수 있다면 능히 모든 일을 이룰 수 있다.', '쓴맛 단맛 모든 것을 맛보다.'와 같은 구절이 담긴 '감자나 무 뿌리맛처럼 재밌는 이야기'였기 때문이다. 또, 아버지는 24절기를 다 외고 그와 관련된 수백 가지 속담을 일상에서 술술 사용하셨다. 어머니는 일을 하면서도 끊임없이 이야기를 하셨다. 그리고 늘 쾌활했다. 농사꾼에 촌사람인 부모님은 종종 인간이 서야 할 자리에 다른 생명들을 주체로 세우는 어법과 행동을 보이셨다. 소년은 부모님께 물려받은 사소한 가르침들을 바탕으로 들판의 사유를 펼쳤다. 들판의 인문학! 삶을 풍요롭게 하는 사람 중심의 학문이 인문학이지만, 들판에서는 오히려 사람 중심을 버리는 학문의 속성을 지니기도 한다. 들판에서 나고 자란 소년은 들판에서의 체험과 방황과 사유를 밀고 나가 들판의 인문학에 대해 생각하게 되었다.

들판에는 풍성한 '취趣'가 있다. 늘 신나서 어쩔 줄 모르는 마음! 뭔가 재미난 일이 없나 하고 눈동자를 뱅글뱅글 굴리는 마음! 세상에 대한 순순한 호기심! 사물의 변화에 매 순간 자신을 열어 놓는 자세! 사물을 취하되 사물의 변화와 더불어 놀고 싶은 마음! 대상을 만져보고 창조적으로 사용하며 사물에서 새로운 의미와 가능성을 드러내는 시선! 그것이 취趣였다. 들판은 온갖 취趣로 가득했다. 하루 종일 꽃만 바라보아도 좋은 곳이 들판이었다.

쑥부쟁이와 새팥과 유홍초와 부처꽃이 까르르 웃는 들판. 꽃을 유난히 좋아하는 염소가 꽃향기에 취해 키득키득 나무에 박치기 하고 뿔질하는 모습. 아담하고 초라한 벼꽃네 집, 쑥부쟁이네 암자, 구절초네 별서別墅, 바랭이네 오막살이, 여뀌네 여염집, 메뚜기네 움막, 붕어네 나루터. 그것이 들판의 살림살이다. 그 안에는 취趣가 흘러넘쳤다.

취趣는 흥興의 발현. 홀연 무한 자유를 추구하는 광기狂氣로 나타나기도 하는 취趣! 고된 일상과 노동에 지칠 때, 삶이 외롭게 느껴질 때면 소년은 들판의 흥취興趣와 정취情趣에서 신선한 에너지를 충전하고는 했다. 독자 여러분도 이 책을 읽는 동안 들판의 속살을 만지며 그 정취情趣와 흥취興趣를 조금이라도 누리시기를 바란다.

| 목차 |

들어가는 말 5

제1부

제2부

제3부

제4부

들판은
울음곳간,
하늘은
울음통이
된다

들판은
울음곳간,
하늘은
울음통이 된다

　　　　　　　　개구리가 우는 무논에는 우주의 근원적
인 에너지가 흘렀다. 무논과 도랑에는 주름졌다가 생성하고 소멸
하는 맑고도 탁한 물이랑이 있고 초록 봄바람이 물결타기를 한
다. 물주름 살랑이는 무논은 그러니까 차라리 울음곳간이었다.
울음창고였다. 울음악기였다. 하늘은 울음통이자 울림통이 되었
다. 물냄새는 일파만파의 몸부림이다. 필사적으로 울음의 월광月
光을 토한다. 10억 년 남짓 지구에서 살아온 양서류의 격렬한, 파
열의, 곤두박질의, 발광하는, 일파만파一波萬波의, 흐벅진 사랑의
소나타. 교향악과 오페라와 판소리와 민요와 동요와 힙합과 락을
합쳐놓은 것 같은 개구리의 울음.

　　　　　　　거름 중에 제일 좋은 거름은 발걸음이어

개구리들의 울음은 특히 초저녁부터 자정 사이에 절정으로 치달았다. 마을 주변에는 특히 맹꽁이가 많았다. 맹꽁이 울음은 울림이 컸다. 그 울음소리에 혼을 모조리 빼앗기곤 했던 어린 나는 어느새 나를 향해 중얼거리고 있었다. "인수야, 너는 드넓은 평야의 수억 마리 개구리와 맹꽁이의 울음주머니에 깃들자. 울음주머니에서 미친 듯 울자. 자주 울자. 우주의 근원적인 힘에 닿자." 나도 모르게 개구리 울음을 흉내 내고 있었다. 그러고 보면 나는 염소 울음, 개구리 울음, 닭 울음, 소 울음을 곧잘 흉내 내곤 했다. 울음소리는 '부름'이고, '응답'이고, '교감'이고, '철학'이었던 듯하다.

봄이면 앞산, 뒷산, 산 너머 산에서 온갖 새소리와 벌레소리가 들려왔다. 발정이 난 것이다. 산비둘기, 노루, 꿩, 고라니, 심지어 가축인 개, 소, 돼지, 고양이도 발정기에는 목이 터져라 울부짖는다. 목이 쉬도록 운다. 주체할 수 없는, 통제 불능의 발열성 울음이 천지를 휘감는다. 온천지가 발정이 난 것이다. 수컷들은 입에서 거품을 물고, 수컷의 물건은 시도 때도 없이 발기하며, 정액이 질질 흐르기도 한다. 수컷끼리 무섭게 싸우기도 한다. 종족번식과 생존의 욕망이 시골을 지배한다. 이에 질세라 식물들도 꽃이라는 성기를 마음껏 벌리고 향기를 품어낸다. 힘센 칡꽃, 약도라지꽃, 아카시아꽃, 밤꽃 향기가 밤낮으로 진동한다. 발정난 지상의 목숨들. 가장 신선하고 처절하고 열정적인 감각들. 부끄러움 없는 당당하고 절박한 울음이다. 수오지심羞惡之心이 오히려 부끄러울 지경이다.

소는 암내를 내면 식음을 전폐하고 밤낮으로 짝을 찾아 울었다. 짝짓기를 하고 싶은 본능 때문에 먹이도 먹지 않고 실성한 듯 울었다. 밤잠도 제대로 못 자고 몸을 뒤척이며 끙끙 앓는 소리를 냈다. 신음소리를 내면서 울었다.

지금은 트랙터가 대신하지만 예전엔 일소가 논갈이와 써레질을 했다. 집에는 소가 다섯 마리 있었는데 그중 가장 튼튼한 암소가 일소였다. 송아지가 딸린 때도 있었다. 무논을 써레질하면 어린 송아지가 엄마소의 꽁무니를 따라다니며 젖을 달라고 울부짖었다. 그러면 엄마 일소도 써레질을 하며 함께 울었다.

옛날에는 개가 발정을 하면 사나흘 목줄을 풀어주었다. 그러면 이웃을 돌아다니며 암컷이 수컷을 만나고, 수컷이 암컷을 만나서 흘레붙었다. 30분 이상 헉헉거리면서 두 놈의 엉덩이가 붙어 있었다. 암내를 낸 돼지를 몰고 아랫마을로 씨받이 수돼지를 찾아 나서기도 했다. 암컷은 침을 줄줄 흘렸고, 하늘이 찢어질 듯 울부짖으며 수컷을 받아들였다.

어느 봄날 키우던 개 누렁이가 새끼를 열 마리 낳았다. 녀석들은 풀밭을 좋아했다. 풀과 꽃을 물어뜯으며 놀았다. 어느새 꽃향기도 똥꼬발랄해지고 꽃잎들도 천방지축이 된다. 헉헉대며 꽃향기가 나뒹군다.

하얀 강아지 열 마리가 데굴데굴 풀밭에서 뒹굴다가 컹컹 짖으

거름 중에 제일 좋은 거름은 발걸음이여

며 비둘기 떼와 까치를 쫓는다. 혼신의 힘을 다해 질주한다. 헥헥 혀를 빼물고, 귀를 펄럭이며, 사람 눈에는 보이지 않는 무언가를 쫓아 발바닥에 땀이 나도록 뛴다. 녀석들은 나무 아래를 빙빙 돌며 쿵쿵 냄새를 맡는다. 나비가 포르릉 날면 나비를 쫓아간다. 천지가 어질어질. 무엇에 홀렸나. 템포가 빠른 재즈 피아노 요정이여. 지랄, 발랄, 명랑, 쾌할, 활달, 유쾌발랄, 엉뚱발랄, 똥꼬발랄의 요정. 주체 못하는 마음자리, 나뒹구는 몸자리. 공기 한 방울, 바람 한 떨기, 쿵쿵쿵 콧구멍을 들이댄다. 그리고 컹컹 짖는다.

강아지들은 그들만의 창조적이고 예민한 후각과 미각과 경쾌한 뜀박질로 세상 도처를 살피고, 감각하고, 관심을 보이며, 가꾸는 특별한 생명체인지도 모른다. 쿵쿵쿵, 길바닥에서 맡는 냄새

도랑에는 붕어와 메기와 개구리 들이 넘쳐났다. 그것들은 도랑의 흙탕물에도, 맑은 물에도 살았다. 산란철이면 격렬한, 파열의, 곤두박질의, 어지러움의, 발광하는, 봄밤을 관통하는, 일파만파(一波萬波)의, 흐벅진 사랑의 소나타, 사랑의 몸부림으로 물이 뒤집혔다.

의 자유, 자유의 냄새. 강아지들로 인해 꽃향기와 풀향기가 천방지축이 되고, 꽃향기와 풀향기가 컹컹 짖는다. 동물과 식물의 경계가 없어진다.

여름밤과 가을밤은 풀벌레의 울음으로 가득 찼다. 풀이 우는 것인지, 벌레가 우는 것인지, 밤공기가 우는 것인지 분간할 수 없었다. 세상은 울음곳간, 울음터였다. 동식물을 마다하고 세상 미물은 모두 곡비哭婢의 속성을 지닌 듯했다.

겨울이 되면 까마귀와 청둥오리와 기러기 떼가 울음을 물고 나타났다. 드넓은 창공에서, 벌판에서, 냇가에서, 저수지에서 울음 장관을 연출했다. 겨울 철새들의 현란한 악보와 춤과 노래와 울음을 가능케 하는 것은 무엇일까? 하늘을 울림통으로, 들판을 울음곳간으로 만드는 것은 이 세상 미물들의 숭고한 사명일까? 아니면 그만큼 곡진한 사연이라도 있는 것일까?

거름 중에 제일 좋은 거름은 발걸음이여

노을과
소나기가
소 등을
넘는다

"인수야, 노을이 소 등을 타 넘고 있어!"

나는 아버지의 이 말을 아직도 기억한다. 소가 풀을 뜯으면 노을이 누런 소의 등을 타고 넘으면서 서쪽 하늘의 음악과 색깔, 춤과 마술을 잠깐 보여주는 듯했다. 아버지가 지게에 잔뜩 고구마순을 짊어지고 거친 숨결을 토하며, 소 몇 마리를 끌고 귀가할 때 누런 소의 등에서 노을빛이 꿈틀거렸다. 소가 걸음을 옮길 때마다 소의 등이 실룩거리는 것인데 시뻘건 노을빛이 도둑처럼 소 등을 월담하면서 꿈틀거리는 것처럼 보였다. 아버지는 그 노을빛에 취해 나에게 중얼거렸던 것이다. 나는 아버지 뒤를 따랐다. 아버지는 지게가 무거워 거친 숨을 몰아쉬었다. 소보다 더 거친 콧

김을 쿵쿵 내뱉었다. 나는 그런 아버지의 거친 숨결을 들으면서 자랐다.

소가 풀을 뜯는 냇가 풀밭에는 쇠똥이 엄청 많았고, 그 똥의 주인인 쇠똥구리가 있었다. 냇가의 소똥은 가만히 있지 않고 꿈틀거렸다. 꿈틀거리지 않는 소똥은 거의 없었다. 촌뜨기들이 소똥 속에 손가락을 집어넣고 파헤치면 그 안에는 여지없이 쇠똥구리 서너 마리가 소똥을 잘라내고 있었다. 내 손에도 소똥이 잔뜩 묻어 비릿하고 달큰한 소똥냄새가 났지만 그건 풀냄새와 별 차이가 없었다. 어느 때는 소똥 한 무더기에 열 마리 정도의 까만 쇠똥구리가 바글바글 일을 하고 있었다. 물구나무서서 뒷다리로 쇠똥을 뭉쳐 둥글게 경단을 만들어 제 몸무게 50배 크기의 둥근 똥덩어리를 굴린다. 법륜을 굴린다. 우주의 수레바퀴를 축소해서 굴린다. 세상을 굴리고 삶을 굴리며 간다. 서둘지 않는다. 똘똘 말아 뒷다리로 굴리며 풀밭에 파놓은 굴 안으로 들어간다. 똥덩어리 하나에 유충 하나를 낳고 쇠똥구리는 다시 소똥으로 다가가 경단 만드는 일을 반복한다. 똥에게 생명을 걸고, 생명을 낳고, 생명을 키운다. 똥이 젖이고, 밥이고, 집이고, 삶이다. 쇠똥구리는 풍뎅이과로 밤에는 불빛을 향해 날아오곤 했다. 마루에 누워 온 가족이 잠을 청하면 쇠똥구리가 날아와 마루 주위를 서성거렸다.

나는 소 얼굴을 매일 들여다보며 자랐다. 소의 얼굴을 쓰다듬고, 소와 뽀뽀하고, 소의 콧등과 혀를 만지며 자랐다. 소의 이빨은

거름 중에 제일 좋은 거름은 발걸음이여

화강암처럼 크고 튼튼하며 가지런했다. 소 혀는 수세미처럼 길쭉하고 두터우며 거칠었다. 뱀장어가 제 굴 드나들 듯, 소는 자신의 콧구멍에 수시로 긴 혀를 쑤욱 집어넣는다. 긴 혀로 제 콧등을 핥고, 어깻죽지를 핥는다. 소의 눈망울은 감자알 만하다. 소는 목이 마르면 물을 한 드럼은 먹어치운다. 목마른 소가 물을 쑤욱 켤 때 소의 목구멍은 수멍이 되어 콸콸콸 물소리가 들렸다.

"야, 그놈 소 뜨물 켜듯이 먹어치우네."

우리 둘째 아들에게 내 어머니가 한 말이다. 둘째는 시골 할머니가 해주는 식혜를 가장 좋아한다. 식혜 한 사발을 단숨에 들이켜는 손자를 향해 할머니는 소 뜨물 켜듯이 먹어치운다며 기염을 토했다.

아버지는 쇠죽 쑤는 일에 정성을 다했다. 여물바가지와 쇠죽 갈고리로 고무다라 가득 여물을 담아 구유에 부었다. 겨우내 맛있는 밥을 먹은 소는 봄이 되면 밭이랑과 고랑을 타고, 무논에서 써레질을 해야 했다. 굵은 목에 쟁기 끈을 걸고, 입에는 새끼줄로 엮은 입마개를 쓰고, 발이 푹푹 빠져 걷기도 힘든 무논을 쟁기로 갈고, 써레로 골랐다. 허연 침을 질질 흘리고 숨을 헐떡이며 힘겹게 일하는데, 아버지는 더 열심히 하라고 고삐 밧줄로 소의 엉덩이와 옆구리를 때리기까지 했다. 채찍에 맞으면서 일을 한 소는 기진맥진했다.

호되게 일을 한 후 집에 돌아온 소가 가장 먼저 찾는 것은 물이었다. 아버지는 구유에 가득 뜨물을 주었다. 소는 구유에 머리를 처박고 씩씩 뜨물을 켰는데 그 많던 물이 순식간에 사라졌다. 아버지는 소 등을 긁어주고 옆구리도 쓰다듬어 주었다. 비름을 떼어주고 솔로 빗질도 해주었다. 채찍을 맞으며 하루 종일 호되게 일했던 소는 주인의 위로를 받고 기분이 좋아졌다. 불평하지 않는 순종과 인내의 가축이었다. 무주상보시無住相布施의 생명이었다.

이제 시골집 외양간은 텅 비었다. 구제역 파동으로 임신한 소를 생매장해야 했기 때문이다. 아버지는 그 후로 소를 키울 수 없다고 한다. 광우병, 구제역, 살충제 계란, 조류독감 같은 사건이 터지면 인간을 위해 살아오다 병에 걸린 소, 돼지, 닭, 오리를 즉각 집단 매장하거나 살처분한다. 늘 인간이 우선이다. 인간이 살자고 자연을 죽여야 하는 상황이 너무 자주 발생한다. 인문학은 인간을 살리고, 사람을 중시하고, 사람을 중심에 놓으려는 학문처럼 느껴진다. 인간 중심적 사고를 벗어나 농작물과 동식물과 가축을 인간과 대등하게 존중하는 인문학은 결코 쉽지 않다. 인문학자도 아닌, 시골뜨기 농투사니인 아버지는 소를 인간과 대등하게 대했다.

우리 동네 500미터 반경에 소를 수천 마리 키울 수 있는 공장형 우사가 들어올 예정이란다. 우리 동네에서는 10년째 우렁이 농법으로 유기농 친환경 생거진천쌀을 생산하고 있다. 공장형 우사는 소의 집단 발병을 막기 위해 화학약품을 많이 뿌리기 때문

거름 중에 제일 좋은 거름은 발걸음이여

에 유기농 친환경 쌀을 생산하는데 막대한 지장을 초래한다. 그런데도 축사는 허가가 날 것 같다. 친환경 벼농사와 소 사육 모두 인간의 식량을 제공하는 유익한 사업이다. 그러나 유기농 친환경 우렁이농법과 우사가 병존할 수 없다는 현실은 몹시 서글프다. 병존, 공존, 공생! 그것은 현실의 벽을 뛰어넘는 지난한 일처럼 보인다. 소가 전해주던 낭만과 자연의 아름다움은 쉽게 회복되기 어려울 것 같다.

나는 소의 얼굴을 매일 보며 자랐다. 소는 나에게 눈빛을 주었고, 울음을 주었고, 식욕을 주었고, 생육의 깊은 비밀을 보여주었다.

소는
눈부신
치아와
눈망울을
지녔다

"소 열두 마리는 장정 백 명보다도 힘이 세."

아버지는 소를 장정에 비기곤 했다. 소를 애지중지하며 천군만마로 여겼다. 하지만 구제역으로 임신 8개월짜리 소가 비참하게 죽어나가는 모습을 본 후로는 소를 키우지 않는다. 구제역에 걸린 소는 혀에 물집이 가득 잡혀 아무 것도 먹지 못하고 눈물을 펑펑 흘리며 끔찍한 고통을 겪는다. 발바닥에도 물집이 잡혀 제대로 걷지 못해 결국 산 채로 되도록 빨리 매장해야 한다. 소 다섯 마리를 구제역으로 잃고는 아버지도 앓아누웠다. 그 후로 외양간은 텅 비었다. 집에 소 울음소리가 없으니 허전했다. 적막은 깊었다.

거름 중에 제일 좋은 거름은 발걸음이여

초등학교 시절 우리집에선 소를 다섯 마리 넘게 길렀다. 해마다 송아지가 서너 마리는 태어났다. 초산을 하는 소는 몹시 힘들어했다. 이틀 전부터 밥을 먹지 않던 암소의 엉덩이는 퉁퉁 부어올랐고, 약간 벌어진 틈으로 진액이 조금씩 흘러나왔다. 난산 중인 소의 목에 걸린 워낭이 땡그랑 울렸고, 암소의 엉덩이에서는 더운 김이 모락모락 났다. 콧등에는 왕방울만한 땀송이가 소복소복. 힘들어하는 소를 그냥 두면 사산할 것이 분명했다.

결단을 내린 아버지는 소를 꼭 끌어안고 토닥여 안심시켰다. 그러더니 소의 자궁 안으로 팔뚝까지 쑥 집어넣어 아직 태중에 있는 송아지의 두 앞발을 잡아당겼다. 사투는 3분 이상 지속되었다. 엄마소는 울부짖었다. 뜨거운 김이 모락모락 피었다. 옆에서 돕던 내 온몸에 뜨거운 소의 양수가 와르르 튀었다. 소의 꽃잎이 활짝 벌어지면서 송아지의 앞발과 함께 머리가 나왔다. 연분홍 핏물이 사방으로 튀었다. 잠시 후 쿵! 송아지가 지상에 첫 도장을 찍었다. 아버지는 재빨리 송아지의 코, 입, 귀, 눈을 닦아주었다. 눈망울을 꿈벅, 귀를 쫑긋, 살았다. 엄마소는 송아지를 핥기 시작했다. 귀를 핥고, 코를 핥고, 눈을 핥고, 얼굴을 핥고, 엉덩이를 핥고, 항문을 핥아주었다. 십여 분 후 송아지가 꿈틀거리며 눈을 떴다. 삼십 분이 지나자 꿈틀거리며 일어나려 안간힘을 썼다. 몇 번의 실패 끝에 결국 일어나는 데 성공했고, 곧바로 젖을 찾았다. 한 시간 쯤 후에 엄마소는 긴 탯줄을 잘근잘근 씹어먹었다. 엄마소의 엉덩이에는 애기주머니의 일부가 매달려 있고, 피가 묻어 있었다. 소는 자신의 엉덩이를 핥으며 애기주머니를 다 먹어치웠다. 그 소의 혀가 세상에서 가장 아름다웠던 걸로 기억한다.

나는 소를 만지면서 자랐다. 소는 뿔과 까만 눈동자가 특히 아름답지만 뒤태도 그에 못지않다. 나는 소의 엉덩이를 몹시 자주 애무하면서 성장했다. 소의 엉덩이만큼 넙적하고 푹신하고 따사로운 놀잇감도 없었을 것이다. 비록 소똥이 덕지덕지 붙어 있었지만 쇠로 만든 빗으로 빗어주면 소는 만족스러운 표정으로 꼬리를 설레설레 친다. 일소는 성격이 유순해 사람 말을 잘 듣고 사람을 보호할 줄도 안다. 따사로운 봄가을에는 일소의 등짝에 기대 낮잠을 자기도 했다. 길들인다는 것은 때로 이렇게 평화로운 것이다. 한때는 암소들이 한 달 사이 새끼를 줄줄이 낳아 너덧 마리나 되는 송아지들이 와르르 몰려다니곤 했다. 그놈들이 앉아서 쉬거나 잘 때에는 꼭 뒷간 문 앞에 옹기종기 모여 있었다. 화장실에 갈 때면 그런 송아지들을 깨워 쫓아야만 했다. 새근새근 잠든 송아지가 너무도 평온해 보여 화장실 가려다 말고 쪼그려 앉아 자는 송아지를 몇 분이고 지켜보곤 했다.

소는 엉덩이에 소똥을 너덜너덜 붙이고 다닌다. 씰룩씰룩 냇가 풀밭을 활보하는 뻔뻔하고 섹시하고 건강한 엉덩이. 소는 자기가 배설한 똥 위에 앉아 곤하게 자기도, 되새김질을 하기도 한다. 으깨진 소똥은 방석 같다. 그러다 제 똥더미 위에 오줌 폭포를 내갈기고는 제 발로 질경질경 밟는다. 소의 지저분한 자기애自己愛.
소는 깨끗한 것을 별로 좋아하지 않는 듯하다. 돼지도 진흙탕 목
욕을 좋아한다. 돼지의 진흙목욕은 체온조절, 해충퇴치, 피부관
리를 비롯해 성적인 행위이면서 놀이와 쾌감 등의 다양한 효과
도 있다고 한다. 닭이 땅을 헤집어 모이를 찾고 온몸에 모래를 뿌
리며 목욕하는 것이 즐거움인 것처럼, 돼지에게 진흙목욕은 가장
돼지다우면서 즐거운 행동이다. 소도 마찬가지다. 동물은 깨끗하
다는 개념과 멀기에 진흙과 똥을 가까이 하는 삶을 즐긴다. 더러
운 진흙수렁이 돼지에게는 가장 깨끗하고 행복한 삶의 방식이다.
소 역시 제 똥오줌을 밟고 엉덩이로 뭉개며 쾌감과 행복을 느끼
는 종인지도 모른다. 범벅! 소의 엉덩이에는 참새도 자주 찾아와

나는 송아지를 만지면서 자랐다. 송아지의 까만 눈동자는 특히 아름답고 뒤태도 그
에 못지않다. 나는 송아지의 엉덩이를 애무하며 성장했다. 우리는 서로를 졸졸 따
라다녔다.

엉덩이에 붙은 파리와 벌레를 잡아먹곤 했다.

소가 가장 평화로운 순간은 되새김질할 때였다. 소는 수시로 되새김질을 하며 무언가를 조용히 꼭꼭 씹고 있다. 질겅질겅, 저 질기고 부드러운 혀와 어금니와 턱과 눈빛.

뱉은 상처 잘근잘근 씹어서, 질긴 세월의 즙, 삼키는, 짐승의 눈부시게 하얀 치아. 눈을 지그시 감고 긴 눈썹을 떴다 감았다 하며, 때로는 고개를 돌려 파리를 쫓으며 되새김질하는 소의 모습은 권태로운 한편 정말 평화롭다. 소의 어금니는 매우 튼튼하고 잘 생겼으며 충치도 거의 없다.

아버지가 다가가 소 옆에 앉으면 소는 되새김질을 잠시 멈추고 아버지의 손등과 얼굴을 거칠고 긴 혓바닥으로 핥았다. 아버지는 소의 혀가 튼튼한지, 탈은 없는지 살피곤 했다. 광우병에 걸린 소는 혀에 수포가 생기고 혓바늘이 수십 개씩 돋아나 그 고통으로 먹을 수도, 되새김질을 할 수도 없게 된다. 소는 혀가 건강해야 튼튼한 법이다.

송아지를 그냥 놔두면 천방지축, 텃밭을 쑥대밭으로 만들어 생후 7개월 즈음엔 코뚜레를 해주어야 했다. 코뚜레를 하기 전에는 남의 밭에 들어가 팔짝팔짝 뛰고 난리도 아니다. 남의 밭둑을 망가뜨리고 콩밭에 들어가 잎사귀를 따먹는다. "워이워이!"하고 불러도 모른 체한다. 아버지는 그런 송아지를 움직이지 못하도록 단단히 붙들어 맨 뒤, 쇠꼬챙이로 송아지의 코를 단숨에 뚫었다.

거름 중에 제일 좋은 거름은 발걸음이여

핏물이 튀고 코피가 마구 쏟아졌다. 소는 눈을 까뒤집으며 고통을 호소하지만 아버지는 노간주나무로 만든 코뚜레를 소의 코청에 끼웠다. 소의 코는 상당히 민감한 부위로 작은 충격에도 통증을 느끼기 때문에 코뚜레를 해놓으면 소가 말을 잘 듣게 된다. 코뚜레를 찬 소들은 온순해져서 아무리 힘센 황소라 해도 사람이 마음껏 부릴 수 있다. 여기에 워낭까지 달면 송아지는 이제 성인식을 치른 것이나 마찬가지다. 사역使役을 위해 새롭게 태어나는 것이다.

뿔과
수염은
구름 냄새를
맡는다

평상平床에 누워 있으면 발가락을 살살 핥아대던 짐승들이 있었다. 한쪽 발가락은 강아지들이, 한쪽 발가락은 새끼 흑염소들이 핥았다. 강아지들은 혀로만 핥는데 염소는 혀로 핥다가 이내 깨물려 했다. 염소의 애정 표현이 조금 더 독했다.

초등학교 때 염소를 쳤는데 다섯 마리가 서른 마리까지 불어나 내가 등교할 때 몰고 가 냇둑에 풀어놓았다. 느닷없이 소나기가 퍼부은 날, 염소들이 우르르 우리 학교로 몰려와 긴 복도에서 서성였다. 염소 수십 마리가 운동장을 누비자 학교에선 난리가 났다. 비가 그치고 내가 앞장을 서니 염소들이 일렬로 줄지어 새까맣게 교문을 따라 나섰다. 염소와의 등하교 사건은 내게도 멋진 추억이었다.

염소는 수염이 멋있었는데 암컷에게도 살짝 수염이 있었다. 사실 염소는 새까맣고, 주둥이는 툭 튀어나온 데다, 울음은 경운기처럼 털털거리고, 아무거나 먹어치우고, 걸핏하면 두엄에도 올라가는 천방지축이었다. 얼룩을 좋아하고, 뿔도 비뚤어졌고, 농작물도 닥치는 대로 뜯어먹고, 신발끈도 씹어놓는 등, 나쁜 짓만 골라서 하는 삐딱한 골목대장이었다. 하지만 먼 곳의 소리에 귀 기울이고, 높은 언덕과 바위도 잘 타며, 구름 속 비 냄새를 맡을 줄도 알고, 이것저것 들꽃도 열심히 따 먹고, 겨울에는 눈을 헤쳐 언 땅의 풀뿌리를 캐먹었으며, 소나무의 푸른 잎을 잘 따먹는 멋쟁이였다. 푸른 소나무의 바늘 같은 잎은 몹시도 쓰고 맛이 없을 텐데 정말 맛있다는 듯이 먹었다. 쉴 때는 되새김질을 하며 깊은 맛을 음미하기도 했다. 봄이면 찔레순과 찔레꽃을 가시에도 찔리지 않고 잘 씹어먹었다. 속눈썹이 길어 눈가에 하늘거리는 멋진 그늘을 드리웠고, 뿔은 온순한 고집이었다.

나는 대장인 숫염소와 종종 뿔을 잡고 밀치며 힘겨루기를 했다. 고집 센 숫염소는 끝까지 밀리지 않고 뿔질을 했다. 놈에게는 반드시 이겨야만 하는 싸움인 듯했다. 고삐가 없었거나 고삐가 풀렸다면 마루를 지나 안방까지 쳐들어와 나에게 뿔싸움을 걸었을 것이다. 무리를 책임지는 우두머리의 위용은 반드시 지켜내야 할 그 무엇이었으리라.

염소는 왜 뿔이 있을까? 뿔은 어떤 상징을 지닌 걸까? 지시봉? 가르침대? 왕이 장수에게 하사한 삼정검三精劍? 사인검四寅劍? 내 목숨을 살리는 활인검活人劍? 도인의 지팡이? 반짝이는 마술 봉? 남성미를 상징하는 물건? 하늘과 교감하는 안테나? 사슴, 염 소, 물소, 코뿔소, 무플런, 겜스복, 엘크, 순록, 장수하늘소, 풍뎅이, 뿔공룡, 일각고래 등은 뿔이 있다. 무소의 뿔처럼 혼자서 가라는 일침은 무슨 뜻일까? 착한 동물들에겐 왜 뿔이 있을까? 괴물이나 악마에게는 또 왜 뿔이 있을까? 선과 악의 양극단은 왜 뿔을 공 유할까? 하늘을 향해 가늘 대로 가늘어져서 뻗을 대로 뻗어가는 나뭇가지는 혹시 나무의 뿔일까? 인간은 왜 뿔이 없을까? 숫염소 와 뿔싸움을 하며 수많은 의문이 밀려왔지만 아직 속시원한 답을 얻지는 못했다.

인간은 왜 뿔이 없을까? 나는 어 릴 적부터 숫염소와 수없이 뿔 싸움을 하며 많은 의문을 품었 지만, 아직 속 시원한 답은 얻지 못했다.

거름 중에 제일 좋은 거름은 발걸음이여

어른이 되어 염소에 대해 알아보니 염소는 마천령산맥 구름을 핥으며, 매일 천산산맥의 수직 절벽을 마구 돌아다니는 위험천만한 곡예를 하고, 고구려의 초원을 내달리며 살았다고 한다. 하루에도 수십 번씩 국경을 넘나들며 아무르강을 따라 흐르는 달빛을 초원 삼아, 해란강물을 마시며 살아간 것이었다.

아버지의 수염은 숫염소의 수염과 닮았다. 수염이 잘 자라나는 아버지를 보면 마치 흑염소를 보는 것 같았다. 우리집에는 수염이 멋진 동물이 수십 마리 살았다. 숫염소뿐만 아니라 암염소도 수염이 있었다. 암놈은 턱밑 목 주위에 살짝 났고, 수놈은 턱을 뒤덮으며 길게 났다. 수놈은 앞다리, 뒷다리와 배 주위에도 덤불 같은 긴 털이 났다.

나는 호기심에 민물가재, 메기, 동자개, 잉어를 잡으면 수염을 유심히 살피곤 했다. 수염의 감촉, 수염이라는 안테나, 수염이라는 탐지기, 수염이라는 무전기! 대다수의 곤충과 식물과 동물이 더듬이, 털, 수염을 지니고 있다는 사실을 나중에야 알았다. 외떡잎식물의 뿌리는 거의 대부분 수염뿌리다. 벼, 보리, 백합, 옥수수, 강아지풀, 양파, 파, 마늘의 뿌리는 진짜 사람의 수염을 빼닮았다. 원뿌리 주변에는 수염뿌리가 있다. 넝쿨에 수염이 난 식물도 있었다. 갯까치수염, 수염풀, 수염며느리밥풀, 수염광대나물, 수염마름 등등. 수박, 호박, 오이, 포도, 담쟁이넝쿨 등의 넝쿨손도 수염을 닮았다.

나는 아버지를 닮아 수염이 빨리 자란다. 아침마다 일어나면 제일 먼저 밤새 수염이 얼마나 자라 얼굴을 뒤덮었는지 살펴본다. 네 이놈 수염, 남성호르몬을 남발하는 이놈의 자식. 내 얼굴에 쳐들어 와 피부를 야곰야곰 묵정밭으로 만드는 녀석! 때론 안면몰수 그런 너의 성미가 좋아서 턱과 입술 주위에 야생화를 피우라고 몇 주 넘게 깎지 않은 적도 있었다. 촌놈으로 살겠다는 생각에 얼굴에 묻어있는 도시의 겉치레를 없애려 일부러 수염을 내버려두기도 했다. 수염이 있으면 왠지 깔끔한 이미지에서 벗어나 거칠고, 투박하고, 자유분방하고, 예술적이고, 특이한 기질을 지닌 사람처럼 보였다. '수염아, 마음껏 자라라. 나의 게으름을 맘껏 갉아먹어라. 수염아, 감각령으로 피부를 갈기갈기 찢으며 길게 흘러라. 얼굴 밖 세상으로 쭉쭉 뻗어가 독자적으로 운동하며 생존해라. 수염아, 시커먼 세월의 뿌리야! 너는 내 얼굴에 출몰하지만 부디 내 통제를 벗어나 네 멋대로 미치광이처럼 살아라. 수염아, 야크의 털이 되어 천상에 가닿을 험난한 길을 차마고도의 폭설처럼 휘날려라. 내 얼굴 따위는 짓뭉개버려라…' 염소의 수염을 보면서 이런 상상의 날개를 펼치고 내 수염에게 은밀히 속삭이기도 했다.

아버지는 지금껏 수염을 직접 깎으셨다. 아마 앞으로도 그럴 가능성이 크다. 아버지의 얼굴을 덮고 있는 하얀 수염의 촉감은 아직 내 손가락과 손등에 생생하게 남아 있다. 대수술을 마치고

거름 중에 제일 좋은 거름은 발걸음이여

아버지가 회복실로 오셨을 때, 의사와 간호사는 내게 아버지가 마취에서 빨리 깨어나도록 손을 주물러 드리며 계속 아버지를 부르라고 했다. 회복실에 누운 아버지는 발가숭이 몸에 호스를 여섯 개나 꽂고 있었다. 호스를 따라 피와 영양제가 들어가고, 찌꺼기 피와 오줌이 몸 밖으로 나오고, 산소가 공급되고 있었다. '아버지'라는 이름을 두 시간 동안 백 번은 불렀던 것 같다. 고통스러워하는 아버지의 얼굴을 두 시간 넘게 들여다보는 동안 두 가닥 웃자란 아버지의 턱밑 수염을 보았다. 그 수염을 잡아당기면 "앗, 따거워!"하며 벌떡 일어나실 것만 같았다.

달빛은
곤충들의
몸부림을
좋아한다

우리집은 소, 염소, 닭, 개를 키웠다. 가축이 백 마리도 넘었다. 그래서 모기가 정말 많았다. 윙윙거리는 소리가 밤새 귀밑에서, 콧등 위에서, 가랑이 사이에서 들려왔다.

모기장은 구세주였다. 마루에 커다란 모기장을 치고 그 안에 다섯 식구가 모여 앉았다. 서로 연결된 마루와 부엌 사이에 알전구가 켜지면 밤마다 곤충들의 불쇼가 펼쳐졌다. 장수풍뎅이, 왕물결나방, 점박각시, 풀무치, 사슴벌레, 곤충을 잡아먹기 위해 몰려든 청개구리와 두꺼비들! 나방과 나비와 개미와 하루살이 들은 광원을 중심으로 미친듯이 나선형의 춤을 추었다. 수백 바퀴 돌던 끝에 불빛을 향해 뛰어들었고, 결국 알전구에 부딪혀 추락

거름 중에 제일 좋은 거름은 발걸음이여

했다. 불빛과 곤충, 곤충들의 그림자와 불빛의 산란과 반사가 뒤섞이는 기괴한 예술의 현장을 모기장 안에서 관찰했다. 여름밤엔 미물들의 페스티벌, 광란의 우드락 공연이 펼쳐졌다.

나는 모기장 안에서 촘촘한 모기장 그물에 걸려 꿈틀거리는 곤충들의 몸부림을 바라보았다. 삶에서 죽음에 이르는 뜨거운 몸짓이었다. 파닥이는 날개에서 허공으로 비늘가루가 날렸다. 꽃가루 같은 것이 삼십 촉 알전구 빛과 만나 기묘하게 부유하고 있었다. 마당에는 두꺼비 서너 마리가 마루 밑에서 어슬렁거렸다. 외양간의 소가 뒤척이며 되새김질하는 소리가 들렸다. 담장 밑으로 쥐, 족제비, 들고양이 돌아다니는 소리가 들려왔다. 무엇보다도 수천 갈래 음색을 지닌 개구리, 여치, 귀뚜라미, 풀벌레 울음소리가 들려왔다. 그것들은 저마다 맑고, 청아하고, 슬프고, 힘차고, 카랑카랑하고, 애절하고, 절박하고, 느긋하고, 자지러지고, 아프고, 외로워, 마치 아름다운 악기를 연주하는 듯했다. 모기들도 모습을 드러내지 않은 채 윙윙 소리로 자신의 존재를 증명하고 있었다. 그러나 피 냄새를 맡고 모기장 주변으로 모여든 모기들도 쉽사리 모기장을 뚫지는 못했다.

최후의 보루인 모기장은 막강하고 탄탄한 성벽이었으며, 이 대피소 안에서는 여름밤에도 단잠을 이룰 수가 있었다. 아버지, 엄마, 형, 나, 여동생 다섯 식구가 모기장 안에서 함께 잠을 청했다. 모기장은 사방이 투명한 집이었다. 이런저런 이야기를 나누는 투명한 살롱이며, 옥수수를 쪄먹고 숙제도 하는 다방이며, 불빛을 찾아온 곤충들과 노는 곤충학습장, 누워서 하늘의 별빛을 감상하는 천문대이기도 했다. 모기장은 가족을 모이게 하는 지남철이면서 유리보다도 투명한 개방형 침실이었다.

집 근처를 흐르는 맑은 도랑에는 다슬기가 있었다. 동네에도, 집 마당에도 개똥벌레가 날아다녔다. 6월 중순에서 7월 초, 밤 9시 무렵부터 한두 마리 반짝이다가 자정 무렵이 되면 수백 마리가 모여 절정에 달했다. 작고 느린 불빛이 지붕으로, 마당으로, 뜨락으로, 모기장 주변으로 유선을 그리며 날아다녔다. 무희의 몸짓이라기에는 초라하고 작은 불빛, 손톱보다 작은 개똥벌레. 인간의 생보다 수만 배 짧은 삶. 고작 달포를 지상에 머물며 짝을 만나 사랑을 나누고, 알을 낳으면 이내 생을 마감하는 곤충. 찰나의 덧없음과 황홀함으로 배꼽과 창자와 골반과 아랫배의 주름을 불태우는 곤충. 시인 윤동주는 "반딧불은 부서진 달조각"이라고 했다. "가자, 가자, 가자. 숲으로 가자. 달조각을 주우러 숲으로 가자."고 노래했다.

자신의 목숨인 작은 불빛 하나로 너울거리는 반딧불. 풀잎에서 풀잎으로 날아다니던 며칠 밤의 춤이 그 생의 전부였다. 아랫배를 활활 태운 작은 불빛이 반딧불에게는 짧은 청춘이다. 심장에 조각칼을 대어 얇은 부스러기로 핏물을 썰어내 태우는 듯한. 반딧불은 세상에서 가장 작은 성냥. 그 불빛에 나의 임파선과 솜털과 눈썹과 겨드랑이 털까지 심지가 되어 하롱하롱 하르르 타오를 듯했다. 내 몸도 그렇게 불이 켜지고 반짝였으면 했다.

개똥벌레의 유혹에 팬티 바람으로 모기장 밖으로 나갔다. 마당을 휘저으며 풀섶에 앉은 개똥벌레를 한두 마리 잡아 모기장 안으로 가지고 들어왔다. 그 틈에 모기도 몇 마리 들어왔다. 개똥벌레를 몇 마리나 잡아야 '형설지공螢雪之功'이 될까 궁금하기도 했다. 최소한 수백 마리는 있어야 할 것 같은데 한두 마리를 잡기도 어려웠다.

쏟아지는 달빛 자락이 모기장 주변으로 곰지락거렸다. 달에는 '광기, 미친 듯한'이라는 어원이 있다고 한다. 달빛을 보면 묘한 심리적 충동이 발생하는 듯했다. 쾌감과 흥분과 고독과 그리움이 뒤섞인 어떤 충동. 오줌통이 차올랐고 배설하고 싶은 욕구가 밀려왔다. 밤하늘을 가득 채운 달빛은 색채가 아닌 어떤 정신, 혹은 또 다른 성분일지도 모른다. 낮과 밤의 순환, 지구의 절반을 휘감고 도는 어둠과 밝음의 접점에는 인간이 알 수 없는 이물질이 섞여 있는 듯했다. 지구 위 그 어느 곳도 대기에 의한 산란광散亂光에서 자유로울 수 없다.

지구는 빛의 겹눈, 빛의 혈청을 지녔다. 달빛에는 미친 성분이 있다. 빛의 체온이 어루만지는 지구의 어둠과 달빛 속에서 우리는 잠이 들고, 어린 나는 아버지의 몸을 타고 넘어 마당으로 나가 오줌을 누었다. 온몸을 부르르 떨며 오줌을 누고 다시 아버지의 몸을 타고 넘어 모기장 속 내 자리로 기어들어갔다.

들판은
관능적이다

내 별명은 '패랭이청년', '나무꾼', '촌놈' 등이다. 그런데 요즘 나무꾼이 봉변을 당하고 있다. 나무를 베고 내려오다 호숫가에서 목욕하는 선녀를 훔쳐본 나무꾼은 관음증환자로 취급당한다. 선녀가 하늘로 돌아가지 못하게 옷을 훔친 일은 형법 제329조에 따라 '절도죄'가 성립된다. 게다가 선녀가 원치 않는 신체 접촉을 해서 아내로 삼는데, 이것은 성폭력에 해당된다.

'풍년'이라는 말은 농사가 아주 잘 되었다는 뜻이다. 수확할 열매와 씨앗이 많고 튼튼하다는 것을 의미한다. 이는 동식물이 종족번식을 위해 왕성하게 관능미를 뽐냈고, 서로 사랑과 짝짓기와 교배와 수정을 열정적으로 했음을 뜻한다. 동식물과 농작물이 마음껏 사랑을 나누도록 돕는 것이 농사의 핵심이다. 아버지는 동식물이 에로티시즘을 마음껏 발산하고 즐길 수 있도록 돕는 일을 평생 해오셨다.

우리집 수탉은 매일 암탉을 올라탔다. 암탉의 목덜미와 등에 난 털이 모두 뽑혀나갈 정도였다. 하지만 3초가 채 안 되는 짧은 순간만 교미한다. 새들의 교미 시간은 정말 짧다.

개와 돼지와 소와 염소의 생식기는 아주 길다. 암컷이 암내를 낼 때는 끼니도 거른 채 격렬하고 거칠게 교미에 몰두한다. 식욕보다 성욕이 수십 배 앞선다. 그 기간이 지나면 발정하지 않는다. 나는 암내를 내고, 발정하고, 교미하고, 새끼를 배고, 새끼를 낳고, 젖을 먹이고, 새끼를 기르는 동물을 수도 없이 보고 자란 촌놈이다. 내 아버지와 어머니도 마찬가지다.

동식물은 은밀한 장소가 아니라 공개된 곳에서 사랑을 나눈다. 초원, 하늘, 물속, 골목, 밭두렁, 텃밭이 모두 사랑을 나누는 장소다. 잠자리와 나비와 개미는 허공에서 교미비행을 한다. 하늘을 날아다니며 섹스를 한다는 것은 날개가 없는 인간에겐 불가능한 일이다. 이불 속에서 은밀하게 섹스하는 인간보다는 파란 하늘을 날아다니며 섹스를 하는 나비와 고추잠자리와 개미가 더 아름답고 진화된 사랑을 나누는 건 아닐까?

동식물은 자신들의 성기를 과감하게 노출한다. 꽃은 식물의 성기에 해당하니 성기를 활짝 벌려 최대한 노출하는 셈이다. 동물들도 성기를 감추기보다는 오히려 노출하려 노력한다. 반면 인간은 성기를 감추려 한다. 동물들에게는 수치심이라는 감정이 거의 없지만 인간에게는 수치심이 매우 발달하였기 때문이라는 학설이 있다.

"이제 엄마와 아내와 딸 이외에 다른 여자 근처에는 얼씬도 말아야 해."

요즘 남자들이 나누는 대화다. 성폭력, 성희롱 사건이 뉴스를 도배해 부모님이나 자식들과 뉴스 보기가 민망할 정도다. 나는 수업시간에 아이들과 황진이와 지족선사, 황진이와 서경덕의 일화를 함께 읽는다. 속살이 다 보이는 하얀 천 하나만 걸친 황진이가 온몸에 물기를 잔뜩 묻히고 지족선사를 유혹한다. 서경덕을 찾아간 황진이가 그의 이불 속으로 들어가 온갖 요염을 부린다. 서경덕의 손을 가져다가 자신의 풍만한 가슴을 만지게 하고, 서경덕의 몸에 올라타 그의 물건을 만지작거린다. 이는 도인을 시험하는 적법한 절차인가? 아니면 상대방의 허락을 구하지 않은 성희롱이나 성폭력인가? 이렇듯 인간 세계의 성性은 불편하고 조건이 까다롭다. 또 권력이 개입하는 순간 왜곡되기도 쉽다.

그러나 내가 아는 동식물의 성性은 좀 다르다. 번식기간 동안 알을 품는 배우자와 갓 태어난 새끼에게 양질의 먹이를 제공하려면 수컷의 먹이 사냥 능력이 번식의 성패를 가장 크게 좌우한다.

거름 중에 제일 좋은 거름은 발걸음이여

수컷물총새는 암컷에게 물고기를 선물하며 구애한다. 수컷이 잡아온 물고기가 크고 맘에 들면 암컷은 그것을 받아먹고 짝이 된다. 물고기의 크기로 수컷의 사냥 능력을 가늠하는 것이다.

노골적인 성담론으로 치자면 옛 소설 『변강쇠전』이 압권이다.

> "맹랑하게도 생겼구나. 늙은 중의 입이던가, 이는 없고 물만 돈다. 소나기를 맞았는가, 언덕지게 패였구나. 콩밭팥밭을 지냈는가. 돔부꽃이 피었구나. 도끼날을 맞았는지 금바르게 터졌구나. 생수처 옥답인가, 물이 항상 괴어있네. 무슨 말을 하려는가, 옴질옴질 하는구나."
>
> <변강쇠가> 중에서

변강쇠가 옹녀의 두 다리를 반짝 들고 옥문관을 들여다보며 하는 말이다. 여자의 성기를 세밀하게 관찰하고 묘사한 말이다. '콩밭팥밭을 지냈는가, 돔부꽃이 피었구나.'라는 표현과 '만첩청산 으름인가, 제가 홀로 벌어졌네.'는 정말 탁월한 묘사다. 돔부꽃이나 벌어진 으름을 보지 못한 도시 사람들에게는 백번 천번 설명해 주어도 실감하지 못할 것이다.

시골은 섹슈얼리티의 진열장이고, 에로티시즘의 엑스포다. 인간의 사상과 관념과 태도와 사회적인 관계망 이전에 대자연의 생존과 번식의 순리가 작용하는 공간이다. 번식의 논리는 순연하고 순수하다. 시골은 성애와 애욕의 공간이다. 풀꽃마다, 곤충의 동작마다, 농작물의 꽃망울마다, 돼지의 울음소리마다 사랑의 신 에로스가 스며 있다. 노을, 달빛, 별빛, 강물의 출렁임, 열매는 관능적이다. 관능이 아닌 것이 없다. 관능은 생존전략이다. 관능은 종족번식을 위한 사투이며, 몸부림이며, 탱고다. 미꾸라지와 맨드라미와 으름과 민들레와 지렁이와 개미와 돼지와 사마귀와 우렁이가 모두 변강쇠고 옹녀다. 하등 이상할 것이 없다.

아버지는 농작물이 변강쇠와 옹녀가 되도록 평생 도왔다. 그래야 알찬 품종이 되고, 수확을 많이 하고, 풍년을 기약할 수 있었기 때문이다. 아버지는 동식물의 에로티시즘을 열심히 돕는 산파였다.

들판은 성애의 공간이다. 풀꽃의 꽃망울마다, 돼지의 울음소리마다 에로스가 스며 있다. 노을, 달빛, 별빛, 강물의 출렁임, 열매는 관능적이다. 관능이 아닌 것이 없다.

거름 중에 제일 좋은 거름은 발걸음이여

미물들의
꿈틀거림은
얼마나
매혹적인가

　　며칠 전 구내식당에서 밥을 먹는데 쌈채소로 나온 상추에서 초록 애벌레가 나왔다. 어떤 선생님들은 기겁하며 숟가락을 놓았고, 어떤 선생님은 불결하다고 영양사를 불러 항의할 태세였다.

　　그때 50대 초반 어느 선생님께서 "그놈 예쁘게 생겼네. 이거 유기농이야. 친환경이야."라고 했다. 그의 얼굴에는 화색이 돌았다. 그러자 몇몇 선생님이 동조하고 나섰다.

　　"인간과 벌레는 종이 한 장 차이야. '중생'은 꾸물거리는 미물이라는 뜻이지. 인간이나 벌레나 꾸물거리며 살아가는 존재들이지."

　　말은 더 번져서 갓 태어난 아이의 피부는 쭈글쭈글 번데기를 닮았다는 얘기도 나왔다. 요가를 열심히 하는 영어선생님이 거들었다.

"칼 세이건의 『코스모스』에서는 은하수를 '밤하늘의 등뼈'라 표현했어요. 요가에는 '바닥을 보는 개 자세'라는 게 있는데, 축생이나 미물을 흉내 내는 동작이 많죠. 밤하늘의 등뼈가 우주의 등뼈고 인간의 몸이 소우주라면 우리 몸의 등뼈는 소우주를 지탱하는 은하수와 마찬가지 아닐까요? 축생이나 미물들의 동작은 우주적인 흐름과 교감하는 자세가 아주 많아요."

그의 말은 순식간에 질문으로 다가왔다. 미물의 자세를 흉내 내면서 우주적인 흐름과 교감한다고? 미물의 자세를 통해 마음이 정화된다고?

시골 우리집은 미물의 천국이다. 가을에 들깨를 털 때면 수천 마리 미물과 조우했다. 아버지는 도리깨질을 하고, 깻단을 치우고, 깨만 잘 모아서 '팔랑개비'라는 선풍기를 돌려 쭉정이나 불순물을 날려보냈다. 엄마는 채와 키로 어르고 까불러 알맹이를 골라냈다. 이때 날리지 않고 토실토실 잘 여문 깨와 함께 떨어진 미물들이 무척 많았다. 청벌레, 막대벌레, 송충이, 메뚜기, 무당벌레, 바구미, 노린재 등 헤아릴 수 없이 많은 벌레들이 꿈틀거렸다. 깨보다 벌레가 더 많은 듯, 가만히 보면 들깨와 구별도 힘들다. 들깨도 검은 듯 노르스름한 듯, 벌레도 검은 듯 노르스름한 듯. 들깨밭은 벌레와 곤충의 천국이다. 들깨꽃의 꿀, 들깨기름의 고소한 향기가 온갖 벌레들을 불러모은 듯했다. 세상에서 들깨밭이 사라지지 않는 한 벌레와 곤충도 멸종하지 않을 것 같았다. 주위 모은 벌레들을 닭장에 뿌려주면 닭들은 전광석화처럼 쪼아먹었다.

돼지, 소, 닭, 염소, 개는 사람에게 가장 친근한 축생이다. 예전에는 동네에서 누군가 돌아가시면 돼지를 잡았다. 아버지가 앞장서 칼잡이가 되었다. 어른들은 갓 잡은 돼지의 따끈따끈한 피를 한 모금씩 마시기도 했다. 돼지 피는 큰 가마솥으로 들어가 선지가 되었고, 해체된 각 부위는 모닥불에 굽거나 삶아 손님상에 내었다. 특히 돼지머리는 인기가 좋았다. 마당에서는 가마솥이 끓고, 삶은 돼지머리는 키득키득 웃고 있었다. 아버지는 돼지의 웃음이 다치지 않게 조심하며 칼로 썰었다. 소주와 막걸리를 한 잔씩 들이켜며 동네 사람들과 문상 온 손님들이 돼지 웃음을 한 조각, 두 조각, 세 조각씩 나누어 먹었다. 캬! 그때 나는 죽을 때 과연 요런 표정으로 죽을 수 있을까 생각했다. 접시마다 귀도 웃고, 코도 웃고, 눈도 웃고 있었다. 사람들은 껄껄껄 돼지 웃음을 함께 나눠 먹으면서 장례를 치렀다.

암소가 암내를 내면 쇠죽을 잘 먹지 않고 항문 주위가 발갛게 부어오르면서 하얀 진액을 흘린다. 엄마가 되고 싶은 암컷의 본능이었다. 생명을 잉태하려는 몸의 변화는 모성애였다. 그러면 아버지는 수의사를 불렀다. 오토바이를 탄 수의사가 하얀 고무장갑을 팔뚝까지 끼고 암소의 자궁 속으로 팔을 깊이 찔러 넣어 이것저것 확인을 한다. 눈을 부라리며 어쩔 줄 몰라 하는 암소의 눈망울이 아직도 생생하다. 가임기간과 수정에 가장 적합한 시기가 언제인지 수의사는 아버지에게 한참을 설명한 뒤 가지고 온 수소의 정액을 암컷의 자궁 깊이 심는다. 암소는 결코 부끄러워하지 않았다. 아버지는 수의사를 하늘처럼 모시며 술대접을 했고, 햇마늘도 두 접, 햇감자도 한 박스 주었다. 당당한 허리를 구부려 굽신거렸다. 그만큼 송아지를 갖는 일은 집안의 경사였고, 목돈이 생기는 경제활동이었으며, 경건하고 숭고한 일이었다.

우리집에서는 흑염소도 수십 마리 키웠는데 그건 내 몫이었다. 흑염소를 몰고 냇가를 돌아 등교했고, 흑염소와 함께 하교했다. 흑염소와 매일 뿔싸움도 했는데 서로 눈을 부라리고 팽팽하게 사력을 다하며 콧숨을 퍽퍽 내쉬었다. 손끝으로 전해지는 굳센 뿔맛이 기막혔다. 흑염소의 작은 뿔이 내 허벅지를 찌르자 내 혈관에서 날카로운 울음이 터졌고 흑염소는 멀리 도망가 나를 안쓰럽게 보았다. 착한 짐승이었다. 흑염소 무리에는 우두머리 수컷이 있었다. 덩치가 가장 크고 뿔과 수염이 가장 멋있었다. 울음도 가장 우람했으며 무리의 일에는 매사에 참견했다. 특히 눈빛이 아주 당당하고 부리부리했다. 우두머리 수컷을 제압하거나 동등한 위치에 있을 수 있다면 염소 무리를 통제하는 일은 식은 죽 먹기였다. 그래서 나는 염소를 몰고 다닐 때마다 우두머리 수컷과 뿔싸움으로 기 싸움을 벌였다. 음메에에에에~ 나는 우두머리 수컷보다 더 크게 울부짖었고, 수컷의 뿔을 잡고 밀치려고 팔의 힘을 길렀다. 내가 우두머리 수컷이 되어야 했다.

하루에도 수천 마리 벌레와 해후하는 곳, 시선이 닿는 곳마다 미물이 꿈틀대는 곳, 더듬는 곳마다 벌레들이 자리를 틀고 삶을 영위하는 곳! 아버지와 엄마는 참깨알, 들깨알, 팥알, 콩알 속에 터를 잡고 꾸물거리는 미물을 맨손으로 골라내 닭장에 쏟아주었다. 부모님의 손에는 애벌레 냄새가 깊이 배어 있었다.

시골 우리 집은 미물의 천국이다. 배추, 배추벌레, 깨벌레, 사마귀, 거미, 잠자리, 모기, 파리, 진드기, 지렁이, 굼벵이…. 보잘 것 없는 것들의 꾸물거리는 생명활동은 경이롭다.

새벽달은
숫돌에
낫과 칼을
벼린다

샤~악 샤~악 스~윽 스~윽.

여명이 채 오기 전 신새벽에 마당에서 낫, 칼, 도끼를 가는 소리가 들려온다. 새벽 4시쯤 되었을까? 17년 동안 거의 매일 새벽이면 싸리비로 마당 쓰는 소리, 가마솥에 쇠죽 쑤는 소리, 숫돌에 낫과 칼과 도끼를 가는 소리를 들었다.

쓰아악~ 쏴악~.

과거를 기억하면 나는 가장 먼저 청각부터 하르르 열린다. 시각적인 이미지보다는 어떤 소리가 먼저 들려온다. 숫돌과 낫의 앙상블, 빨래방망이 두들기는 소리, 소 되새김질 소리, 개구리 우는 소리, 문틈으로 황소바람 들이치는 소리, 찔레 덤불에서 날아

거름 중에 제일 좋은 거름은 발걸음이여

오르는 벌떼 소리, 아궁이에서 솔가지 타닥타닥 타는 소리, 댑싸리비로 마당 쓰는 소리, 손 펌프질로 우물물 길어내는 소리…….

아버지는 논일, 밭일, 부엌일을 시작하기 전에 숫돌에 낫과 칼과 도끼부터 갈았다.

생일이나 명절을 앞두고 아버지가 우물가에서 숫돌에 서너 개의 칼과 작은 도끼를 쓱쓱 가는 모습을 보면 우리 식구는 모두 긴장했다. 닭이나 염소나 토끼를 잡는 날이기 때문이었다. 며칠은 고기 맛을 실컷 볼 수 있기 때문이었다. 가마솥은 장작불에 달구어지고, 개는 킁킁거리다 멍멍 짖고, 온 가족이 모여 앉아 삶은 닭고기를 뜯거나, 숯불에 염소와 토끼 고기를 구워먹는 것은 큰 기쁨이었다. 아버지는 식구들 생일이면 반드시 가축을 한 마리씩 잡았다. 백중날도, 초복이나 중복 때도, 동지섣달에도, 추석과 구정 때도 잡았다. 할머니 할아버지 제사 때도 잡았다. 숫돌에 썩썩 갈린 칼날이 우물물에 번쩍 빛나면서 내 얼굴을 비추었고, 파란 하늘을 쓱 그었다. 허공이 쩍 베이는 것 같았다.

아버지는 토끼와 닭과 개와 소를 키웠고 겨울이면 새마을운동 신작로 공사, 건물 개량 공사, 다리 건설 공사판에서 일일노동자로 일했다. 겨울에 엄마는 삼밭에 나가 일당을 벌었다. 똥구멍이 찢어지도록 가난했다지만 나는 가난을 모르고 살았다. 보릿고개 때는 칡뿌리를 캐먹었다고 하지만 내 기억에는 우리집에 언제나 먹을 것이 풍성했다. 쌀은 부족했지만 밀가루는 많았다. 아버지가 새마을운동 사업에서 일당을 현금 대신 밀가루로 받아오기도 해서 가마솥에는 옥수수빵과 찐빵, 술빵이 그득했다. 수제비와 칼국수를 매주 한두 번은 먹었다. 수제비가 들어간 민물매운탕은 정말 맛있었다.

토종닭은 매일 서너 개씩 알을 낳았고, 번식력이 강한 토끼는 매년 수십 마리씩 불어났다. 토끼를 팔거나 가죽을 벗겨 팔기도 했다. 겨울에는 염소도 잡았다. 가을에는 메뚜기를 수백 마리 잡아서 구워먹었다. 지천이 먹거리였다. 단백질을 공급하는 가축과 야생동물이 많았다. 수수깡을 빨아먹고, 덜 익은 콩과 보리이삭을 구워먹었다. 등하굣길에는 날가지와 오이를 따먹고 날고구마를 캐어먹었다. 배고프면 닥치는 대로 먹은지라 몸에 기생충이 많았다. 학교에서 나눠주는 기생충약을 일 년에 서너 번은 먹었다.

아버지는 솜씨 있는 칼잡이였다. 토끼장에서 꺼내자마자 작대기로 대가리를 한 번 퍽 치면 토끼는 반항할 틈도 없이 기절했다. 그런 다음 뒷다리를 밧줄에 매달고 단칼에 목을 푹 찔러 먹을 땄다. 두 다리와 귀를 바르르 떨며 토끼는 피를 쏟았고 잠시 후 아버지는 날렵한 칼로 두 다리의 껍질을 벗겼다. 그런 다음 두 손으로 잡고 아래로 힘껏 잡아당기자 순식간에 토끼의 껍질 전체가 벗겨졌다. 귀 부분을 쑥 잘라내고 머리 가죽을 두 동강내 또 한 번 사르르 비트니 토끼 가죽이 툭 하고 함바로 떨어졌다.

토끼의 배를 갈라 한두 번 칼질을 하자 이번에는 내부 장기가 통째로 툭, 함바로 떨어졌다. 토끼의 살덩이를 도마 위에 올려놓고 머리부터 발끝까지 작은 도끼로 퍽퍽 내리치면 순식간에 조각조각 먹기 좋은 크기로 분해되었다.

살아있는 예쁜 토끼가 토막토막 고깃덩어리가 되기까지는 고작 10분이었다. 신기神技에 가까운 도살 솜씨였다. 중학교에 올라가 '포정해우庖丁解牛'라는 사자성어를 배울 때는 단번에 아버지를 떠올릴 정도였다.

하늘이 낸 결을 따라 큰 틈바귀에 칼을 밀어 넣고 큰 구멍에 칼을 댑니다. 소의 뼈마디에는 틈이 있고 숫돌에 갈아 두께가 거의 없는 칼날이 틈이 있는 뼈마디로 들어가니 텅 빈 것처럼 넓어 칼이 마음대로 놀 수 있는 여지가 생깁니다. 칼을 지극히 미묘하게 놀리면 뼈와 살이 툭하고 갈라지는데 그 소리가 마치 흙덩이가 땅에 떨어지는 것 같습니다.

『장자莊子 내편內篇 양생주養生主』의 「포정의 소 각 뜨기」에 나오는 내용이다. 물론 아버지가 눈을 감고도 정신을 집중해 하늘의 뜻으로 소를 잡아 해체하는 경지의 포정과 맞먹을 수는 없다. 포정에 비하면 아버지의 솜씨는 애송이에 불과했을 것이다. 그럼에도 어린 나에게는 마냥 놀랍고 신기해 아버지의 손놀림은 신기神技에 가까운 마술이었다. 토끼탕과 닭볶음탕을 해먹고 숯불에 구워먹기도 했다. 아버지는 가장으로 식구들을 배불리 먹이기 위해 백정의 모습도 마다하지 않으셨다. 그것은 아버지의 능력이고, 의무이고, 생존기술이고, 양생養生이었다.

아버지는 닭도 잘 잡았다. 닭 모가지를 순식간에 비틀고 멱을 딴 후 뜨거운 물에 집어넣고 몇 분 후에 꺼내 털을 벗겨내면 거의 끝났다. 배를 갈라 내장을 빼내고 토막 내는 일은 식은 죽 먹기였다. 고기가 식탁에 오르기 전, 누군가는 축생의 도살과 손질을 담당한다. 그 모든 과정을 아버지는 손수 해냈다. 나는 가축이 사람의 섭생에 어떻게 기여하는지를 몸소 겪었다. 그리고 낫과 칼과 도끼라는 연장이 우리 손에서 어떤 역할을 하는지도 알고 있다. 이는 그 어떤 숭고하고 고답적인 철학보다도 중요한 무엇이었다.

마당을
가로질러
무정천리를
간다

집 마당엔 텃밭으로 나가는 작은 샛길이 있다. 마당에는 외양간이, 외양간 옆에 여물헛간이, 그 옆에 개집이, 개집 옆에 염소우리가, 염소우리 옆에 닭장이 있었다. 외양간 옆 오래된 작두 우물 펌프에선 지하수가 콸콸콸 쏟아졌다.

마당에는 절구통과 작은 돌덩어리가 놓여 있고, 닭과 개와 쥐와 고양이와 참새가 돌아다녔다. 마루나 섬돌에 앉아, 또는 멍석이나 평상에 누워 잠자리와 제비가 날아다니는 파란 하늘을 보았다. 마당의 흙은 잘 다져져 맨발로 뛰어다니기 좋았다. 맨발로 온몸의 하중을 고스란히 느껴보면 발바닥은 환희의 비명을 질렀다.

아버지는 매일 아침저녁 마당을 쓰셨다. 새벽이면 사각사각 무

깎는 소리, 사각사각 연필 깎는 소리가 났다. 마당을 쓰는 댑싸리 빗자루가 내는 소리였다.

마당은 온갖 곡식들의 차지였다. 늘 멍석 위에는 곰취, 우엉뿌리, 마뿌리, 약초뿌리, 칡, 도라지, 두릅나무뿌리, 더덕, 백하수오, 둥굴레, 엉겅퀴, 엄나무, 싸리나무순, 엄나무순이 널려있었다. 콩, 팥, 옥수수, 참깨, 들깨, 고추도 널려있었다. 그래서 소낙비가 오면 쏜살같이 달려와 마당에 널어놓은 곡식부터 거두며 비설거지를 했다.

지하수를 끌어올리는 펌프는 마당 동편에 있었고, 담장을 따라 도랑이 흘렀다. 장마철이 되면 마당에 수십 갈래 작은 물줄기와 더불어 마당에서 도랑으로 낙차가 작은 여울이 여러 개 생겨났다. 지붕의 수통에서 콸콸콸 쏟아지는 물줄기, 초가의 지푸라기를 타고, 함석지붕의 골을 타고 떨어지는 물줄기가 집을 에워쌌다. 처마밑 섬돌로 빗방울이 떨어져 움푹 팬 구멍에선 왕관처럼 물이 튀었다. 미꾸라지 수십 마리가 성지순례를 떠나는 사람들처럼 도랑에서 올라와 마당으로 들어섰다. 어떤 미꾸라지는 가느다란 물줄기를 멋지게 갈아타면서 마당을 마구 쏘다니다 섬돌 밑 고무신에 들어가기도 했다. 미꾸라지들의 아, 저, 무수한, 찰박거리는 맨발들. 찰박, 찰박, 찰박. 맨발들, 맨발들, 맨발들. 배를 방바닥에 깔고 창호지로 된 안방문의 눈꼽재기창으로 내다보면 미꾸라지를 잡아먹으러 마당까지 날아온 백로도 있었다. 실로 진풍경이었다.

거름 중에 제일 좋은 거름은 발걸음이여

가을이면 마당에서 아버지, 엄마, 형, 내가 함께 도리깨질을 했다. 콩과 들깨를 털었다. 아버지가 한 바퀴 돌리고 나면 내가 한 바퀴 돌렸다. 두 개의 도리깨가 맞물리며 풍차처럼 돌았다. 아버지는 〈유정천리〉라는 노래를 잘 불렀다. '가련다, 떠나련다. 어린 아들 손을 잡고. 감자 심고 수수 심는 두메산골 내 고향에. 못 살아도 나는 좋아, 외로워도 나는 좋아. 눈물 어린 보따리에 황혼빛이 젖어드네. 세상을 원망하랴, 내 아내를 원망하랴. 누이동생 혜숙이야, 행복하게 살아다오. 가도 가도 끝이 없는 인생길은 몇 굽이냐. 유정천리 꽃이 피네, 무정천리 눈이 오네.' 아버지가 노랠 부르면 천리만리가 유정했고, 천리만리가 무정했다. 〈울고 넘는 박달재〉, 〈개나리처녀〉, 〈바다가 육지라면〉 등의 노래도 잘 불렀

부모님은 마당에 기쁨, 희망, 젊음, 공허, 고요, 달빛을 쌓았을 것이다. 마당이 있는 집은 사람 사는 집 같고, 비움과 가득참이 있고, 부산함과 고요함이 있다. 마당을 바라보노라면 쓸쓸함이 밀려와 가슴이 먹먹해진다.

다. 도리깨질에 튀어나온 깨알과 콩알이 구석구석에 박혔다. 깨알과 콩알 일부는 쥐들의 차지였지만 일부는 끝까지 살아남아 이듬해 봄에 싹을 틔웠다. 담장 아래, 두엄에도, 심지어 초가지붕에도 깨와 콩 싹이 파릇파릇 돋아나 참새가 쪼았다.

창호지문의 하단에는 방바닥에 엎어져서도 마당이 보이는 눈꼽재기창이 있었다. 마당과 대문, 담벼락으로는 깃동잠자리, 가는실잠자리, 된장잠자리가 날고, 제비들이 씨잉 날렵한 곡예를 펼쳤다. 저녁에는 마루와 부엌 사이의 알전구 밑으로 팔딱이는 심장까지 다 보이도록 뱃속이 투명한 청개구리들이 날벌레와 곤충을 잡아먹으러 모여드는 모습을 볼 수 있었다. 달빛, 별빛이 마당을 적시며 빛났다. 마당은 절 마당만큼 고요했다. 적멸을 보았다. 적멸보궁 같다.

하얗게 함박눈이 내리는 겨울 마당은 잠실蠶室 같았다. 누에방에선 하루에도 몇 차례씩 눈비 오는 소리가 들린다. 누에가 뽕잎먹을 때 내는 소리는 콩밭에 가랑비 내리는 소리 같다. 연잎에 굵은 빗방울이 듣는 소리 같다. 녹두알만한 누에똥이 후두기는 소리는 댓잎파리에 싸락눈 뿌리는 소리 같았다. 섶에 올라 제 입에서 명주실을 뽑아 하얀 고치를, 적멸보궁을 짓는 소리는 끝없는 정적으로 들어가는 소리 같았다. 눈 오는 날은 그런 소리가 눈발속에서 다 보였다. 눈이 푹푹 쌓이기 전에 아버지는 수시로 마당에 나가 눈을 쓸었다. 댑싸리로 마당의 눈을 쓸 때는 포목점에서 비단 찢는 소리가 났다. 가위로 비단을 자르고 손으로 천을 쭈욱 가르는 소리가 났다.

눈이 많이 내리는 날이면 삼태기로 참새를 사냥했지만 잘 잡히지는 않았다. 삼태기를 받침대로 세워두고 받침대 끝에 새끼줄을 묶은 뒤 부엌에 숨어 있다가, 참새들이 삼태기 안의 볍씨를 까먹으러 모여들면 줄을 확 당겨서 참새를 잡는 방법이었다. 하지만 십중팔구 실패였다.

부모님은 마당에 기쁨, 희망, 젊음, 공허, 고요, 달빛을 쌓았을 것이다. 지금은 마당에 시멘트를 깔았지만 십여 년 전만 해도 황토마당이었다. 마당이 있는 집은 고요하고, 절간 같고, 성당 같고, 수도원 같고, 사람 사는 집 같고, 비움과 가득참이 있고, 부산함과 고요함이 있다. 마당을 바라보노라면 쓸쓸함이 밀려와 가슴이 먹먹해진다.

흙은
실컷
부풀어 오르는
감성이다

　　　　　　맨발로 밭의 흙을 밟거나 손으로 흙을
한줌 쥘 때면 기분이 좋다. 씨앗을 심느라 모종삽으로 흙을 팔 때
의 기분은 수학경시대회 서술형문항 백 점을 맞는 것보다 더 상
쾌했다.

　'초가삼간 집을 지은 내 고향 정든 땅. 아기염소 벗을 삼아 논
밭길을 가노라면 이 세상 모두가 내 것인 것을~.'

　나는 무의식중에 홍세민의 노래를 부르곤 한다. 흙으로 먹을
것을 키우고, 흙으로 집도 지을 수 있다면 살기가 좋다. 흙이 재
미있다면 살기가 좋다. 흙이 이야기를 건네면 살기가 좋다. 흙이
생기가 돌면 살기가 좋다. 흙을 실컷 파헤칠 수 있다면 살기가 좋

다. 흙을 실컷 만질 수 있다면 살기가 좋다.

봄이면 흙의 각질을 뚫고 기지개와 혀가 튀어나오고, 아지랑이와 뱀의 긴 꼬리가 스멀거리고, 까맣게 부릅뜬 개구리 눈동자가 굴러 나와 알을 낳고, 해토의 기운을 받은 제비꽃과 산수유와 매화가 퐁퐁퐁 꽃잎을 터트린다. 강아지가 쿵쿵거리며 앞발로 파헤칠 때 포르릉 튀어나오는 아지랑이. 싹이 비집고 나오느라 흙덩어리는 부푼다. 흙은 간지럽다. 겨우내 홀로 문을 닫았던 흙은 문을 열어 어둠을 토하고, 더 깊은 지하를 깨우고 기지개를 켠다. 흙마다 구멍이 생긴다. 점점 구멍이 많아진다. 푸른색, 노란색, 빨간색이 쑥쑥 자란다.

아버지는 유기농법을 선택했다. 다섯 동네 1백여 가구가 만장일치로 합의한 결과다. 한두 가구만 반대해도 유기농 친환경 농법은 매우 어렵다. 한쪽에서 제초제나 살충제를 뿌리거나 인공비료를 쓰면 수천 미터 밖에 있는 논밭에서도 농약 성분이 검출되기 때문이다.

유기농법의 핵심은 흙을 살리는 일이다. 아버지는 흙을 살리려 온갖 노력을 다 했다. 흙속에는 자갈도, 모래알갱이도, 점토도 있다. 밥숟갈 하나 정도인 흙 1그램에는 6백만 개의 모래 알갱이와 9천억 개의 점토가 있고, 공기가 통하는 빈 공간이 있다. 그리고 1억 마리가 넘는 세균이 공기 중의 질소와 무기물, 유기물, 습기를 흙속에 저장하는 역할도 한다. 세균이나 미생물은 흙의 산도가 중성일 때 가장 잘 산다. 흙속에 유기물과 석회가 많아야 흙은 건강하고 작물들이 잘 자란다. 흙은 제 몸의 25배 정도 되는 유기물을 품고 있어야 '비옥한 토양'이라는 명예로운 호칭을 부여받는다. 그러나 산성이 강한 우리나라 흙에는 질소, 칼륨, 칼슘, 마그네슘이 부족하다.

아버지는 흙을 잘 안다. 충북 제천과 강원도 영월은 이웃사촌이다. 그런데도 '제천에서 농사짓듯 영월에서 하면 망한다.'는 말이 있다. 제천은 주로 화강암 지대라 흙이 거친 마사토인데 영월은 석회암 지대라 흙이 곱고 차지다. 제천에서는 거름과 비료를 많이 주어야 농사가 잘 되는 반면, 영월에서는 비료를 많이 주면 농사를 망친다. 아버지는 윗배미, 아랫배미에도 경사와 토양과 배수가 다른 것을 안다. 어떤 논은 물을 빼도 계속 젖어 있고, 어떤 논은 물을 빼면 이삼일 안에 논바닥이 바싹 마르는 것을 안다. 논두렁 하나를 사이에 두고도 밑거름치기가 다르고, 물대고 물빼기가 다르다는 것을 안다.

아버지는 토질뿐만 아니라 바람으로도 농사를 지으셨다.

"바람은 땅속으로도 스며. 땅속으로 바람이 잘 통해야 작물의 뿌리와 유기물이 뱉어내는 이산화탄소와 메탄가스가 땅 밖으로 나오고, 그래야 뿌리가 튼튼하고 곡식이 잘 자라지. 논밭으로 들어가 돌아다녀보면 바람이 잘 통하는지, 흙이 숨을 잘 쉬고 있는지 금방 느껴. 바람 잘 통하는 헐렁한 흙이 좋은 흙이지. 풀과 두

더지, 땅강아지, 지렁이가 흙을 살리기도 하지. 그렇지만 그놈들이 세력을 너무 키우면 곡식에게 가야 할 영양분을 다 빼앗아버려. 논밭의 침략자가 되는 꼴이지. 논밭에 다양한 동식물이 공존하게 하는 것이 친환경의 본질이지만 작물이 그놈들에게 치이고 얻어터지면 오히려 역효과가 나는 것이지."

우리집 텃밭의 상추와 배추와 무는 유난히 달고 고소하다. 텃밭은 120평 정도고 텃밭 옆에는 오십 년이 넘은 두엄이 있고, 두엄 한쪽에는 오 년 이상 숙성된 거름이 있다. 손으로 만져도 냄새가 거의 나지 않을 만큼 발효가 되었다. 두엄탕은 풀이 70퍼센트 정도를 차지한다. 소똥과 지푸라기와 왕겨가 20퍼센트 정도다. 개똥과 닭똥과 사람똥도 소량으로 섞인다. 초청장을 보내지 않아도 사방팔방 지렁이들이 떼로 몰려와 거름을 발효시키고 유기물을 만들며 흙속에 숨쉴 수 있는 공간을 만든다. 두엄탕에는 콩, 깨, 코스모스, 맨드라미가 뒤섞여 자라고, 댑싸리도 자란다. 두엄탕은 강아지와 참새와 닭들의 놀이터다. 두엄탕은 우리집의 작지만 가장 아름다운 동산이다.

질소비료는 채소에 들어가 단백질이 되면서 작물을 튼튼하게 하는 일등공신이지만 채소의 감칠맛과 고소한 맛을 해칠뿐더러, 떫고 시고 질긴 맛이 나는 유기산을 만드는 주범이기도 하다. 그래서 아버지는 되도록 화학비료를 뿌리지 않으셨다. 다른 작물은 몰라도 배추와 무와 상추의 달짝지근하고 고소한 맛을 최고로 높이는 데 심혈을 기울였다.

아버지는 지렁이도 지극정성으로 보살피셨다. 지렁이는 하루에 제 몸무게의 30배를 먹어치운다. 흙과 낙엽과 거름을 먹고 배설한다. 지렁이의 장을 통과한 흙은 소화효소에 의해 잘게 쪼개져, 흙속의 양분은 식물이 잘 흡수할 수 있는 꼴로 변한다. 지렁이 배설물 속에는 이로운 세균이 많고, 미생물의 먹이인 유기물이 풍부하다. 지렁이 배설물에는 스펀지 같이 수많은 공간이 있어서 물과 공기를 다량으로 함유할 수 있다. 지렁이의 밥은 유기물이고 반찬은 석회다. 얕은 흙 주변에 살다가 겨울에는 땅속 3~4미터까지 내려가는 지렁이는 아주 깊은 곳까지 흙의 물리성을 개량해 준다.

지렁이와 친해지는 것! 그것이 흙과 친해지는 것이다. 아버지는 지렁이를 매일 본다. 지렁이를 잡아다 주면 닭들이 환장을 한다. 개구리와 맹꽁이, 두꺼비들도 지렁이를 잘 먹는다. 흙의 주인은 지렁이다.

제2부

벼 자라는
소리에
개가
짖는다

꽃 피우느라
나무는
얼마나
힘들었을까

　　아버지와 엄마는 칠십대 중반을 넘은 지금도 종종 싸운다. 늙어서도 싸움은 그칠 줄 모른다. 토란국이 싱거웠다고 투덜댄다. 개에게 왜 쉰밥을 줬냐고 싸운다. 꼬리치는 개를 왜 싸리비로 때렸냐고 대든다.

　　칠십대 중반의 노부부가 들깨모를 심으면서 또 말싸움을 한다.

　　"너무 촘촘히 심으면 지들끼리 부대껴. 더 띄워."

　　급기야 아버지는 엄마가 심은 깻모를 뽑아버린다. 깻모가 튼튼하게 자라기를 바라는 아버지의 마음이 화풀이로 작동하는 것이다.

　　화딱지가 머리끝까지 치솟은 엄마는

　　"왜 솎아? 가물어서 타죽는 모가 지천이야."

핏대를 올리며 바락댄다. 타죽어서 텅 빈 자리가 많으니 잘게 심어야 한다는 논리로 응수한 것이다. 깻모가 잘 살아주기를 바라는 마음은 두 분이 똑같다. 방법의 차이일 뿐이었다. 서로 미워 싸우는 것이 아니었다. 십 리 밖에서도 들릴 것처럼 삿대질하면서 두 분이 대판 싸운다. 저러다 발병이 아니라 혓바닥에 혓병이 나게 생겼다.

그런데 이상하게도 나무그늘에 들면 다정해진다. 제풀에 지쳤는지, 아니면 말싸움의 흐름이 원래 그런 것인지 구지뽕나무 그늘에 나란히 앉아 오이를 안주 삼아 막걸리를 드신다. 새참을 풀어놓고 두 분이 서로 술잔을 따라주면서 크어억~ 트림도 하신다. 도란도란 이야기를 주고받는다. 나무그늘 속에 털푸덕 주저앉아 된장 한 식기에 방금 따온 풋고추랑 오이를 곁들여 막걸리를 마신다. 마치 극락보전이 나무그늘에 숨어 있는 듯 말싸움을 뚝 그치고 말이 공손해진다. 두 분이 함께 새참을 먹으면서 도란도란 얘기를 나누면 고추모들도 살랑살랑 웃는다.

시골 밭가에는 구지뽕나무, 느티나무, 벚나무, 소나무, 참나무가 있다. 무덤가에도 있다. 나무그늘 속에 들면 암자에서 수행하는 수도승처럼 마음이 평온하고 온순해지는 두 분. 나무그늘은 신기하고 특별한 곳이었다.

나무를 사랑하지 않는 사람이 있을까? 위치 설정이 잘못된 나무는 미움을 받을 수 있지만 대부분의 나무는 결코 인간을 해코

지하거나 미워하지 않는다. 나무에는 신성한 기운이 있다. 십자
가에 달린 예수는 나무십자가를 통하여 '우주 오르기'가 시작되
었고, 석가모니는 보리수 아래에서 인생의 가장 위대한 순간을
맞이했다. 생생지리生生之理, 나무는 재생, 영원한 젊음, 건강, 다
산, 시작, 불멸성, 풍요성과 같은 다양한 의미와 상징을 지녔다.

　주말이면 시골에 간다. 중부고속도로 증평 인터체인지를 나와
10여 분 달리면 미호천 주변의 평야지대가 나오고, 들판에 자리 잡
은 용대마을이 보이기 시작한다. 구정초등학교를 따라 약간 높은
지대가 형성되어 있고, 삼형제바위 근처에 우리 논밭이 모여 있다.

　아름드리 느티나무 두 그루가 농로에 서 있다. 두릅나무, 구지
뽕나무 몇 그루도 서 있다. 멀리서 "아버지! 엄마!"하고 부르면,
콩이나 옥수수나 벼 포기 사이로 보일 듯 말 듯 허리를 간신히 펴

한 그루 나무 그늘의 품은 적멸보궁이요 평상
이며, 전망 좋은 별서(別墅), 외딴 산골의 오두
막, 수행자의 보금자리, 소박하게 담소를 주고
받는 우리 가족의 쉼터다.

　　　　　　　거름 중에 제일 좋은 거름은 발걸음이여

고 누군가 손을 흔든다.

"인수니?"

허리 밑은 곡식에 가려서 보이지 않고 상체만 보인다. 한결같다. 이름을 부르고 나면 몇 초에서 몇십 초의 침묵이 흐른다. 고요하고 맑으며 푸른 침묵이다. 문득 김춘수 시인의 "누가 나의 이름을 불러주었을 때 나는 그에게로 가서 꽃이 되었다."는 시구절이 떠오른다. 아버지와 엄마는 논밭 밖으로 나오고 우리는 나무그늘 속으로 들어간다. 무를 쑥 뽑아 낫으로 설겅설겅 껍질을 베어낸 다음 손에 들고 깨물어 먹는다. 엄마는 깻잎과 양파를 섞어 만든 빨간 돼지두루치기와 막걸리를 내놓는다. 나무그늘 속에서 잠시 파티가 벌어진다.

아버지는 허리 수술을 몇 번 받은 후로 자주 허리를 펴시고, 나무그늘 속에 들어가 쉰다. 오토바이 사고와 경운기 사고 때문이다. 어느 가을 벼 수매하는 날 볏가마를 경운기에 잔뜩 싣고 농협으로 가다 사고를 당했다. 뒤에서 트럭이 들이받아 경운기가 두 바퀴를 돌아 논바닥에 처박혔다. 아버지는 온몸에 타박상을 입고, 엉덩이뼈가 부러지고, 경추에 금이 갔다. 강한 충격에 신경성 요통과 두통이 생겼고 어깨부터 손가락까지 마비 증상도 나타났다. 몇 번의 수술 끝에야 아버지는 기적적으로 회복했다.

어릴 적 엎드려 누운 아버지의 허리를 밟을 때, 허리에서 뚜두둑뚜둑 소리가 났다. 어깨뼈, 척추, 가슴뼈가 내지르는 소리였다.

"어이구 구구! 어이구! 시원하다."

눈을 감고 기뻐하던 아버지. 이제는 아버지의 허리를 밟아드릴 수가 없다. 나무들은 허리 수술을 받을까? 나무들은 등뼈가 아플까?

우리는 잠시 나무그늘에 앉아 손수건을 꺼내 흐르는 땀을 닦는다. 냉수와 막걸리를 한 잔 마신다. 무를 깨물어 먹는다. 밭에서 방금 따온 가지도 한 입 베어문다. 인간도 한 그루의 나무고 사람에게도 나무그늘이 있다. 누구든 그늘 없는 삶은 없다. 부자에게도 빈자에게도 그늘은 있다. 그늘을 어떻게 여기느냐 하는 차이만 있을 뿐. 한 그루 나무그늘의 품은 적멸보궁이요, 평상이며, 호젓한 암자요, 별채며 요사채다. 한 그루 나무 그늘의 품은 전망 좋은 별서別墅, 수박밭의 원두막, 외딴 산골의 오두막, 수행자의 보금자리, 소박하게 담소를 주고받는 쉼터다.

꽃 피우느라 나무는 얼마나 힘들었을까. 골즙을 모두 짜내 녹초가 되었을까. 수고하여 과일을 공급하는 나무는 자신을 위해서가 아니라 생명을 위해 사는 듯하다.

나마스떼. 나무는 사람보다 기도를 더 잘한다. 하늘을 향해 온몸을 올린다. 묵상도 더 잘한다. 언덕과 숲과 들판 어디서나 나무는 묵상을 한다. 나무들이 있는 곳은 수도원, 암자, 사찰, 나무아미타불. 목어와 목탁. 보리수와 월계수. 나무 십자가. 나무는 성부의 제자들이다. 나무의 길은 하늘로 이어진 길이다.

꽃씨 받으며
엄마는
꽃몸살을
앓았다

　　　　　　　며칠 퍼부은 빗물은 세상을 바꿔놓았다. 산길 옆에는 분홍빛 부처꽃, 싸리꽃, 하얀 망초꽃, 노란 벌개미취가 앞다퉈 피었다. 부처꽃은 사찰 주변에 흔하게 피는 야생화였다. 백중날 부처꽃을 꺾어 연꽃 대신 부처님께 헌화한 데서 유래한 이름이라고 했다. 짙은 분홍색과 자주색의 중간쯤 되는 색이 매우 고혹적이고 관능적이기까지 했다.

　홍수가 휩쓸고 지나간 산등성에도 땅 속에 박혀 있던 돌이 튀어나왔다. 돌부리 자갈 곁에는 패랭이꽃이 염화미소를 짓고 있었다.

　야산의 언덕길에는 싸리꽃의 보라색, 야관문과 쑥부쟁이의 하얀색이 서로 어울렸다. 여름 더위가 한풀 꺾이자 기다렸다는 듯

보라색 싸리꽃이 화들짝 피었다. 초가을 숲은 싸리꽃 향기로 그득했다. 풍화되어 부서진 바위틈에서 흙먼지 몇 줌에 기대어 살아가는 소박한 싸리나무가 살림을 탁탁 털어 꿀 잔치를 벌이고 있었다. 떼로 몰려든 벌들이 잉잉대며 다투어 꿀을 빨고, 온갖 곤충이 몰려들었다. 사마귀도 흥청거리는 잔치 분위기에 넋이 팔린 벌레를 낚아채 포식하는 중이었다.

싸리는 쓰임새가 참 많은 나무였다. 손재주가 좋은 아버지는 싸리나무를 살림살이 구석구석에 들여왔다. 싸리로 키와 빗자루, 망태기를 만들었다. 텃밭의 울타리와 지게 소쿠리, 채반도 만들었다. 싸리는 또 좋은 땔감이었다. 연기도 나지 않고 타닥타닥 쪼개지는 소리를 내며 활활 탔다.

망초는 경사지를 메꾸고 있었다. 번식력이 매우 강해 한 그루만 있어도 농사 망칠까 봐 망초 뽑는다고 생고생을 했다. 망초는 농약에도 잘 안 죽고, 불에 태워도 뿌리가 살아났다. 벌개미취와 쑥부쟁이가 섞여 피었다. 나는 쑥부쟁이, 들국화, 벌개미취, 구절초를 지금도 잘 구별하지 못한다. 40년이 넘도록 이것들을 그냥 '들국화'라 부른다. 어쨌든 야생화는 홀로 피어 있을 때보다 군락을 이루고 있을 때 더 매혹적이었다. 너무 흔해서 매혹적인!

벌초를 하러 가니 봉분은 수크렁, 왕고들빼기, 패랭이꽃으로 뒤덮여 있었다. 벌과 나비와 송장메뚜기가 지천이었다. 무덤에 저토록 예쁜 패랭이꽃이 피었는데 기어이 칼날을 들이대 이발을

거름 중에 제일 좋은 거름은 발걸음이어

해야 하는가? 만약 저 꽃이 무덤 속 할머니가 피워 올린 영혼이라면? 그러나 이미 예초기의 칼날은 회전 가속을 붙여 풀을 모조리 베었다. 무덤 위에 포개어 널린 아름다운 꽃들의 시신.

아버지, 큰아버지, 조카와 사촌들이 참나무 그늘에 모여 앉았다. 뱀과 벌을 조심하느라 긴팔 차림이라 날은 더욱 찌고, 땀은 비 오듯 펌프질하고, 얼굴은 찐 고구마처럼 발갛게 익었다. 혈육끼리 모이면 이상한 기운이 생겨났고 막걸리 한 잔은 더욱 시원했다. 무덤 주위에 아직 무더기로 피어 있는 선분홍 패랭이꽃의 조상은, 그들의 씨앗은 결국 형제이리라. 이 언덕의 주인은 무덤 속 조상이 아니라 흙이며, 누천년 뿌리박은 패랭이꽃이리라. 그것들은 흙과 하늘과 교신하고 교감하였으리라.

"할아버지 할머니는 금슬이 좋았지. 이년, 이놈, 쌈박질을 하다가도 살을 섞고 우리를 낳아 잘 길렀지."

"꽃몸살을 앓는 거야. 그게 부부야."

우우웅 예초기 엔진소리. 조상모시기의 핵심은 무덤의 풀을 깎는 것이다. 풀은 무덤의 흔적조차 지워버린다. 야생화, 풀! 삶의 현장과 죽음의 현장에 함께 있는 존재. 아버지는 뼛속까지 풀냄새가 배어 있는 분이다. 아버지의 갈라진 손발톱에 물을 뿌려주면 싹이 돋아날 것 같다. 아버지는 온몸에 풀독이 올랐고, 풀에 베인 흔적이 많다. 풀씨만한 인생을 살아온 아버지는 풀꽃 같은 모습으로 꿈틀거렸다. 아버지의 낫, 삽, 호미, 예초기에는 풀꽃과의 싸움, 애증, 교감이 들어 있다. 아버지가 지나간 길에는 쑥부쟁이와 패랭이꽃이 피었다. 아버지는 들꽃으로 살다가 들꽃으로 돌아가실 것이다. 아버지의 아버지의 아버지의 무덤이 풀과 야생화에 뒤덮인 것처럼. 나와 내 아들도 마찬가지일 것이다. 우리 집안은 들과 풀을 사랑하는 들꽃의 족보를 지녔는지도 모른다.

"이게 뭔지 아니?"

엄마가 손바닥을 펼쳤다. 까만 꽃씨다.

"분꽃 씨앗."

"틀렸어."

어, 분명 맞는데? 다시 살펴본다. 으하하하. 분꽃 씨앗과 염소 똥이 섞여 있다. 너무 닮아 구분이 안 될 정도다. 똥글똥글 까만 씨앗과 염소똥은 크기도 모양도 비슷하다.

엄마는 씨앗받기를 잘했다. 담배 씨앗과 달맞이꽃 씨앗, 채송화 씨앗도 서로 비슷해 섞어놓으면 쉽게 구분이 가지 않는다. 범의꼬리 씨앗과 검은참깨 씨앗도 서로 크기와 모양, 생김새가 엇비슷하다. 엄마는 김을 매다가도, 풀을 뽑다가도 꽃씨를 받았다. 익은 씨앗을 따서 주머니마다 넣었다. 채송화 씨앗주머니를 꼭 눌러 부비면 겨자씨보다 작고 까만 생명들이 오소소 쏟아졌다. 요렇게 작은 씨앗에 그처럼 고운 꽃의 모양과 빛깔과 크기와 향기가 입력되어 있다. 꽃씨는 그런 정보를 모두 기억해 놓았다가 겨울을 나고 이듬해 봄, 다시 그 기억의 회로를 열어 채송화를 피워낸다.

엄마는 더덕, 약도라지, 채송화, 맨드라미, 해바라기, 분꽃, 백일홍 씨앗을 땄다. 백일홍이 활짝 필 때는 햇볕이 불타던 여름이었고 작은 벌새 같은 꼬리박각시나방 서너 마리가 날아와 빨래처럼 생긴 주둥이를 꽃잎에 밀어 넣으며 꽃밭에서 살았다. 백일홍 꽃씨에는 마른 꽃술 밑에 납작한 씨앗들이 숨어 있었다. 활짝 편 부챗살처럼 붉고 실한 맨드라미도 벼슬을 툭툭 치면 까만 씨앗이 우수수 떨어졌다. 백도라지와 청도라지는 씨주머니를 훑어 말려 씨앗을 받았다. 집 울타리며 감자밭 둘레에 자란 짙은 황토색 프렌치메리골드도 씨앗을 받았다. 손대면 톡하고 터지는 봉숭아 꽃씨도 받았다. 편지봉투와 비닐봉지에 담긴 꽃씨들이 뒤웅박에 가득 모였다. 해가 지나 봄이 오면 꽃씨들은 사방에 뿌려져 초라한 초가집을 꽃궁궐로 만들었다.

텃밭에 맨드라미가 피었다. 가시가 온몸을 촘촘히 감싼 엄나무엔 수세미 줄기가 기어올라 노란 박꽃을 피웠다. 엄마는 김을 매다가도, 풀을 뽑다가도 꽃씨를 받았다. 익은 씨앗을 따서 주머니마다 넣었다.

풀은
인간의 삶을
맘껏
넘나든다

애초에 잡초 아닌 것이 없었다. 약초도 잡초였고, 예쁜 야생화도 모두 잡초였다. 인삼도 산삼도 잔대도 잡초였다. 민들레도 도라지도 연꽃도 잡초였다. 태초에는 곡식도 잡초였다. 벼와 수수와 옥수수와 콩도 잡초였다. 인간이 이롭다고 생각한 풀은 약초가 되고, 인간이 특별히 예쁘다고 생각한 풀이 야생화가 되었으며, 인간에게 식량이 된 풀은 농작물이 되었다. 인간에게 유익하지도 않고, 인간에게 길들여지지 않은 식물이 잡초가 되었다.

오뉴월 가뭄이 심하면 농작물은 뿌리를 깊이 뻗지 못했다. 그래서 폭염이 땅을 달구기 시작하면 농작물은 병충해를 입었다.

그러다 장마가 오면 고추, 참깨, 강낭콩, 오이 넝쿨의 연약한 뿌리는 녹기 시작했다. 갑자기 웃자란 고추밭은 픽픽 쓰러지고 널브러졌다. 참깨도 속이 빈 쭉정이가 대부분이었다. 엄마 아버지의 입술에서는 끙끙 앓는 소리가 절로 나왔다.

하지만 풀은 달랐다. 폭염도 가뭄도 장마도 이겨내면서 더욱 왕성하게 번성했다. 농작물은 흉작이었지만 야속한 쇠비름, 방동산이, 명아주와 바랭이는 기운차게 밭을 점령했다. 망초는 꽃을 한 포기 피우고 나면 수십만 개의 씨앗을 바람에 날려 기하급수로 싹을 틔웠다. 씨와 뿌리를 동시에 동원해 종족을 번식시키는 서슬 퍼런 위력에 아버지와 엄마는 기가 질렸다.

풀은 독종이었다. 달개비와 클로버와 바랭이는 마디마다 뿌리를 내리며 사방으로 뻗어나간다. 식물 중에선 줄기가 아닌 뿌리로만 영토를 확장해 나가는 종들이 있다. 그중에서도 쇠뜨기는 땅속 깊이 뿌리를 박고 끊임없이 솟아나 농사꾼들이 여간 애를 먹는 것이 아니다. 원자폭탄이 떨어져 폐허가 된 히로시마 땅에서도 가장 먼저 싹을 틔운 것이 쇠뜨기였다고 한다.

쇠비름은 한여름 폭염 속에 뽑혀 십여 일을 방치해 바싹 말랐는데도, 비만 오면 다시 살아났다. 열흘 넘게 뿌리가 폭염에 노출되었다면 살아남을 풀은 당연히 없었을 것이다. 그런데 쇠비름은 금방 푸르딩딩 살아나는 것이었다. 세상에! 아무리 캐내고 또 캐내도 며칠만 지나면 여기저기 파릇하게 자라나는 지겨운 풀이었다. 어떤 무더위와 가뭄에도 견딜 수 있도록 줄기에 영양분과 수분을 가득 저장하고 있었던 것이다. 엄마는 종종 쇠비름을 나물로 만들어주셨다. 데친 나물을 된장에 무쳐 보리밥에 쓱쓱 비벼 먹었다.

"쇠뜨기는 참 독해, 밭주인이 풀 뽑으러 오면 바짝 숨어버려. 풀 다 뽑구 나서 가면 '그년 갔냐?' 하면서 다시 나온디야."

엄마가 쇠뜨기를 두고 하는 말이다. 쇠뜨기가 엄마에게 '그년'이라고 욕을 했다고 한다. 이름으로 봐서는 소가 잘 뜯어먹는 풀 같지만 그렇지 않다. 오히려 독성이 있어 가축이 싫어했다. 생긴 것만큼이나 질기고 악착같은 쇠뜨기는 뿌리를 땅속 1.5미터까지 내리고 조건이 좋으면 이보다 깊게 뻗었다.

장마가 시작되면 풀들은 제 세상을 만난 듯 쑥쑥 자라 장마가

풀은 인간이 앉아야 할 의자까지 순식간에 먹어치우고 의자 위에 꽃을 피운다. 애초에 풀 아닌 것이 없었다. 약초도 풀이었고, 예쁜 야생화도 모두 풀이었다. 도라지와 산삼도 풀이었다.

　　　　　　　　　　　거름 중에 제일 좋은 거름은 발걸음이여

끝나면 넓은 들판은 온통 잡초 세상이 된다. 며느리밑씻개는 줄기에 잔가시가 빼곡해 피부에 닿기 무섭게 할퀸다. 이런 풀로 뒤를 닦으면 어떻게 될까? 항문이 찢어지고 피가 줄줄 흐르는 잔인한 고통을 느낄 것이다. 며느리밑씻개는 예전 며느리들의 한이 서려 있어서인지 생명력이 끈질겼다.

지구상의 모든 생물은 약육강식하며 살아가고 있다. 치열한 생존경쟁이다. 인간은 잡초와 공생하는 척하면서 대결해야 하는 관계다. 도저히 잡초 제거가 불가능할 때는 제초제를 뿌렸다. 제초제는 땅에 스며들면서 식물은 물론 흙속 유익한 미생물까지 서서히 죽이고 땅을 황폐화시켰지만, 땅의 자정능력과 복구능력은 상상을 초월했다.

잡초는 흙과 물만 있으면 드넓은 논밭이건, 도시의 작은 텃밭이건, 지붕이나 아스팔트, 보도블록 틈 어디나 자신의 영토로 삼는다. 생태학자 짐 놀먼은 잡초를 '흙의 여신 가이아Gaia의 백혈구이자 부스럼딱지고, 반창고이자 항생물질'이라고 했다. 그의 말대로 올해도 장마로 일어난 산사태를 봉합할 의사는 다름 아닌 잡초들이다. 치료를 맡아 상처를 아물게 할 항생제 또한 잡초들이다. 나아가 잡초는 지구를 건강하게 떠받들고 있는 파수꾼이다. 지구가 이토록 푸르고 아름답게 보이는 이유는 알아주는 사람도 거의 없는 푸른 풀들이 있기 때문이다. 푸른 초장! 아무리 제거해도 당장 그만큼 종족을 번식시키는 것이 잡초다. 잡초와의 악전고투는 약초와 농작물을 재배하는 아버지의 숙명이었다. 잡초를 방치하고 약초와 농작물을 재배하겠다는 것은 농사를 포기하는 행위이며 직무유기였다. 아버지 인생의 절반은 잡초와의 투쟁이었다. 투쟁이며 공생이기도 했다.

풀은
예측 불가능한
난세를
즐긴다

농사는 잡초와의 싸움이다. 인간의 입장에서 보면 바라지 않는 곳에서 자라는 식물이지만, 잡초의 입장에서 흙과 물이 있는 곳은 전부 자신들이 번식해야 할 장소인 것이다. 농사를 짓는 입장에서 잡초는 이롭기보다 해로운 식물이다. 농작물의 생장을 방해하기 때문이다. 그래서 잡초를 '제자리를 벗어난 식물', '원하지 않는 식물'이라며 작물과 구분하는 것이다.

청동기 이후 인간의 농법은 지구 생태계에 걷잡을 수 없는 변화를 초래했다. 나무를 베고, 논밭을 만들고, 곡식을 심으면서, 곡식이 아닌 식물은 잡초로 취급받게 되었다. 사람들은 잡초와 투쟁했다. 잡초의 번식력은 놀랍다. 농부의 눈을 피해 어느 틈에 퍼져 자리를 잡는 잡초는 예측 불가능한 난세를 즐기는 우성 식물, 난세의 불청객이다. 풀씨들은 흙이 있으면 지구 어느 곳이라도 날아가 뿌리를 내리고 꽃을 피우기로 작정한 무서운 종족이다. '지구를 덮어라.' 이것이 잡초에게 부여된 특명인 듯 싶었다.

밭작물은 주인의 발자국 소리를 듣고 자란다더니 그 말이 맞다. 주인이 자주 오지 않는 논밭에는 풀이 많다. 곡식의 종자를 뿌리기 무섭게 풀이 먼저 쑤욱 자란다. 잡초란 내가 기르고자 하는 식물이 아니다. 그래서 잡초를 뽑아내는 일은 길러야 할 것과 버려야 할 것을 구분하는 일이고, 기력이 닿는 한 즐거운 마음으로 해야 할 일이다. 풀을 뽑다보면 작물이 성큼 자라 풀을 압도하기 시작하는 때가 온다.

아버지는 들풀의 다양한 생존전략을 꽤나 진지하고 흥미롭게 수십 년 관찰하셨다. 관찰은 일종의 즐거움을 선사한다. 잡초 뽑는 일이 전쟁 같고, 지루하고, 허리와 무릎에 무리를 주지만 관찰은 앎의 즐거움을 준다. 기어이 잡초를 사랑하게 된다.

질경이는 잎맥에 질긴 실 모양의 다발이 있어서 수레에 짓밟혀도 잎이 멀쩡하다. 길가에서 주로 자라 길경이인데, 어느 순간 길경이가 질경이로 바뀐 듯하다. 질경이라는 이름도 생명력이 질기기 때문에 붙여진 것이다. 사람들이 밟고 다녀도, 심지어 우마차가 지나가도 끄떡없이 자라곤 했다. 비옥한 땅을 마다하고 척박

거름 중에 제일 좋은 거름은 발걸음이여

한 길바닥에 나앉은 질경이의 생존전략은 자못 비장하다. 질경이는 척박한 상황에서도 긍정을 이끌어내는 능력이 있는 잡초였다. '사람들아, 마차들아, 수레바퀴야, 소와 염소와 말들아, 나를 짓밟고 지나가거라. 나는 탄력이 아주 좋다. 길 위가 좋다.' 길보다 좋은 곳은 없다고 질경이는 말하고 있었다.

달개비, 마디풀, 바랭이 등의 마디는 밟히거나 베어졌을 때 마디에서 뿌리를 내리고 거기서 다시 성장을 시작할 수 있도록 설계되어 있다. 줄기 하나에 마디 백 개가 있기도 했다. 줄기의 중간이 꺾여도 마디가 기반이 되어 뿌리를 뻗고 다시 줄기를 키웠다. 짓밟혀도 마디의 탄력성으로 되살아났다. 어쩌면 사람 살아가는 데도 이런 마디가 필요한 것인지 모르겠다. 마디는 생명력이다. 생물체의 일부 또는 환경의 일부가 손상이 되었을 때 마디는 그 부분을 보충하거나 재생하는 능력을 지녔다.

바랭이는 전 세계에 가장 널리 퍼진 잡초다. 어디든 있다. 서울 도심의 시멘트나 아스팔트 바닥에도 숱하게 많다. 땅 위를 기는 동안 줄기 밑부분 마디에서 새 뿌리가 나와 아주 빠르게 퍼져나가고 씨앗을 엄청나게 퍼트린다. 참새나 비둘기가 풀밭과 공터를 돌아다니며 끊임없이 땅을 쪼아 무언가를 먹는데 그중 절반 이상이 바랭이 씨앗일 것이다. 새들이 매일 먹어치워도 땅속에는 바랭이 씨앗이 모래알만큼이나 많이 널려 있을 것이다. 마디의 특성 때문에 짓밟혀도 결코 죽지 않는다. 짓밟히는 것을 은근히 즐기는지도 모르겠다. 아버지와 엄마가 평생 뽑아낸 바랭이를 쌓아놓으면 서울 남산 높이는 되지 않을까.

무논에는 부평초가 가득했다. 피사리를 한 아버지의 몸에도 부평초가 잔뜩 묻곤 했다. 물 위에 떠 있는 잎처럼 보이는 것은 줄기가 변해 생겨난 엽상체다. 이 엽상체 뒷면에는 공기방이 있어서 숨쉬는 데 쓰이고, 몸이 물위에 뜨도록 해준다. 엽상체 잎 아래쪽에는 수염처럼 하얗고 가는 뿌리가 물속으로 길게 늘어져 있다. 뿌리주머니로 싸여있는 뿌리 끝은 추와 같은 구실을 하여 바람이 불어도 엽상체가 결코 뒤집히지 않았다. 엽상체가 계속 늘어나 7~8개가 되면 연결된 실이 툭 끊어져 두 덩어리로 나뉜다. 자기 분열을 하는 것이다. 개구리밥은 새 엽상체를 만들며 계속 수를 늘려 며칠 안에 수면을 다 덮어버렸다.

풀들은 다양한 방법으로 자신의 영토를 넓히고 살아가는 방법을 진화시켜왔다. 풀은 생태계의 화엄경이고 마태복음이며 대중가요고 수다였다. 풀은 계절이고 하늘이며 땅이었다.

거름 중에 제일 좋은 거름은 발걸음이여

비가 많이 내려 물 흐름이 빠르면 부평초가 휩쓸려 떠내려갔다. 사람들은 〈부평초 같은 인생〉이라는 노래를 지어 불렀다. '산 노을에 두둥실 홀로 가는 저 구름아, 너는 알리라 내 마음을 부평초 같은 마음을. 한 송이 구름 꽃을 피우기 위해 떠도는 유랑별처럼. 부평초 같은 인생.' 아버지가 들판에서 자주 흥얼거리던 노래였다.

집 담장 한쪽으로는 도랑이 흘러, 추운 겨울을 제외하고는 들에서 일을 마치고 돌아오면 반드시 이 도랑에서 손발을 씻었다. 그 주변으로는 어김없이 여뀌가 무성하게 자라 맑은 물을 품고 있었다. 우거진 여뀌 무더기를 제치면 작은 새우들이 혼비백산, 가재나 미꾸라지가 도망치기에 바빴다. 여뀌 물풀숲은 하찮은 생명들의 요람이고 은신처였다. 장마철엔 물길이 생긴 마당을 지나 섬돌까지 미꾸라지가 거슬러 올라왔다. 여뀌 덕분에 고단백 먹거리가 마당 주변에 흔했다.

아버지는 해마다 뚱딴지를 캐서 백만 원 정도의 수익을 올렸다. 수십 년 넘게 거래해 온 약재상에 몇 가마 넘기면서 받는 돈이었다. 뚱딴지의 다른 이름은 돼지감자지만 멧돼지가 즐겨 먹지는 않는다. 생김새가 못생겨 돼지감자라고 부르는 것이다. 꽃은 해바라기처럼 노랗고 씨앗도 해바라기씨와 비슷하지만 작다. 뚱딴지 풀은 사람 키보다 더 높게 자랐다. 논밭, 하수구 주변 가리지 않고 아무데서나 자라 사람들을 당황케 하는데, 그래서 엉뚱한 데 개념 없이 튀어나오는 사람이나 행동을 '뚱딴지 같다'고 했다. 나는 썰어 말린 뚱딴지를 주머니에 한 줌씩 넣고 다니며 씹어 먹곤 했다.

풀들은 다양한 방법으로 자신의 영토를 넓히고 살아가는 방법을 진화시켜왔다. 아버지와 엄마는 평생 풀과 사투를 벌였지만 결국 풀이 승리했다. 그렇다고 두 분이 패배자는 아니었다. 아버지와 엄마는 풀과 공생하는 법을 익혔다. 풀과 대화하고, 풀에게 사는 얘기를 풀어놓는다. 풀은 생태계의 화엄경이고 마태복음이며 대중가요고 수다였다. 풀은 계절이고 하늘이며 땅이었다. 아버지와 엄마의 영토는 잡초투성이였고, 그것은 숙명이었다.

풀은 자나 깨나 아버지의 인생을 마중하고 배웅했다. 아버지는 소와 염소에게 먹일 풀을 베며 낫질할 때 가장 멋있었다. 쭈그려 앉아 제비꽃과 이야기를 하고, 구절초 향기를 맡으며 막걸리 몇 잔을 들이킬 때 아버지는 가장 자유롭고 숭고했다. 아버지는 들숨과 날숨에서도 풀냄새가 났고, 심지어 웃음에서도 풀내음이 났다. 풀을 통한 몸의 확장, 풀을 통한 감성의 퍼짐, 풀을 통한 정신의 향기로움, 고맙구나 풀이여.

거름 중에 제일 좋은 거름은 발걸음이여

배추는
들판의
관능이고
색계였다

"배추 심었어요? 무 싹텄어요?"

시골에 전화할 때 아버지와 엄마에게 여쭤보는 말이다. 내 몸이 체득한 물음이다. 그만큼 무와 배추 농사가 중요하기 때문이다. 어제서야 파종했단다.

아버지가 입추와 처서 사이에 하는 가장 중요한 일은 1년 농사를 결정짓는 김장배추와 무를 심는 것이다. 참깨를 수확한 뒤 풀을 몽땅 베어내고 밭갈이를 한 자리에 배추와 무를 심었다. 내 기억으로는 배추씨 먼저, 일주일 후에 무씨를 파종했다. 배추와 무에는 8월 햇살 1주일이 9월 햇살 3주보다 낫다고 한다. 그만큼 파종시기와 초기 성장이 중요하다는 뜻이다. 가을무는 날이 뜨겁고 습기가 많으면 병해가 크다. 입추와 처서 사이는 조석으로 기후가 달라지고 폭염과 열대야가 감쪽같이 사라지는 때다.

무씨는 직파였지만 배추씨는 비닐하우스 모판에서 키워 옮겨 심었다. 배추씨를 뿌리고 사흘쯤 지나면 삐죽삐죽 움이 텄고, 닷새째에는 떡잎이 제 모양을 갖췄다. 아버지는 포트 한 구멍에 씨앗 두 개씩 넣었는데, 그것들이 거의 싹을 틔웠다.

"솎아야 해. 하나만 남기고 나머지는 가위로 싹둑 잘라버려야 해. 포트 안은 너무 비좁아서 서로 싸우게 돼."

두세 개씩 올라온 배추모 중 하나는 가위로 떡잎 밑을 잘라버렸다. 농사는 적자생존이다. 떡잎 한가운데 본잎이 나온 뒤 보름이 지나면 밭에 옮겨 심었다. 너무 배게 심어도, 너무 성글게 심어도 안 되었다. 아버지는 매일 아침 배추밭에 가서 귀뚜라미와 배추벌레와 메뚜기를 닥치는 대로 잡았다. 귀뚜라미는 배추 킬러였는데 파란 배추를 뜯어먹은 귀뚜라미들은 밤새 지치지도 않고 울어댔다.

배추가 자라 어른스러워질 즈음 속이 차오르고 결구가 이루어지면, 아버지는 지푸라기로 배추를 동여매 고갱이가 알차게 안을 수 있도록 도와주었다. 그중 몇 포기를 미리 뽑아 겉절이를 담가 배추 고갱이 맛을 보았다.

김장에 쓸 배추와 무를 뽑는 날부터 한 달 가까이는 소, 염소, 토끼, 닭들이 포식을 했다. 배추와 무를 다듬고 남은 파릇파릇한

잎들은 몽땅 가축들 차지였다. 아버지는 특식으로 배추와 무 몇 포기를 통째로 소와 염소에게 주기도 했다.

무만큼 고마운 존재는 없다. 탁란한 뻐꾸기 알과 닮은 파란 무 씨. 무씨는 소복하게 심어서 싹이 돋으면 솎아준다. 솎은 무 싹에 햇참기름과 나물을 넣고 밥을 비비면 두 그릇을 뚝딱 해치울 정도로 달큰하고 고소하다.

무 싹을 바라보면 흰 구름과 파란 하늘, 희고 푸른 파도가 함께 들어있는 듯했다. 바라만 봐도 눈동자에 파란 물감이 들고, 만지면 손금 가득 파란 물이 줄줄 흐를 것만 같았다.

나는 무가 다 자라기도 전에 매일 무를 하나씩 뽑아먹곤 했다. 알타리무를 뽑아 샘물이나 둠벙에 씻어 이로 껍질을 서걱서걱 벗겨내고 사각사각 염소처럼 씹어먹었다. 소화가 잘 되어 방귀도 뻥뻥 뀌었다. 아버지는 알타리무를 유독 많이 심었고 우리 식구

십 리 밖에서도 배가 불룩한 배추밭의 푸르름이 선명하게 눈에 띄었다. 하루가 다르게 속이 차오르는 배추의 몸은 육덕이 풍만한 싱그러운 관능미를 드러냈다.

는 알타리무를 정말 좋아했다. 그걸로 동치미, 총각김치, 깍두기, 김장김치를 듬뿍 담았다. 소와 염소와 토끼도 무와 배추 시래기를 주면 환장했다.

겨울에 민물매운탕을 끓일 때나 고등어조림을 할 때도 무를 잔뜩 넣었고, 무청과 시래기를 만들어서 시래기죽이나 무침을 해먹고, 날것으로 숭숭 깎아서 간식으로도 먹었다.

무는 사시사철 심는다. 봄무는 2월에 파종해 4월에 거두고, 여름무는 4월에 파종해 6월에 거두고, 가을무는 8월에 파종한다. 봄무 중에서 일부는 어른 키만큼 자라 노란 장다리꽃을 소담하게 피운다.

가을의 수많은 매력 중 최고는 신선한 날씨다. 처서에는 아침저녁 선선한 바람이 불고, 하늘은 높아지고 맑아지며, 햇빛이 강렬해진다. 나락이 탱탱하게 알이 배느라 껍질이 점점 팽창하는 소리 때문에 지구의 질량과 부피가 늘어날 것만 같다. 아침저녁으로 불어오는 선선한 바람이 소매와 목덜미를 스치면 개운하고 청량해 답답한 가슴이 뻥 뚫리는 기분이었다.

이 가을의 압권은 터질 듯 팽창하며 푸르른 배추밭과 무밭이다. 11월 중순 즈음, 산천초목이 붉은색, 노란색, 주황색, 오색찬란한 단풍이 들어가는데 무와 배추는 거꾸로 시퍼런 위용을 자랑했다. 십 리 밖에서도 배가 불룩한 배추밭과 무밭의 푸르름이 선명하게 눈에 띌 정도였다. 배추와 무의 싱그러움은 관능적이었다. 하루가 다르게 속이 차오르는 배추와 무의 몸통은 육덕이 풍만한 관능미를 맘껏 뽐냈고 메뚜기들을 끌어들였다. 우주도 덩달아 팽창하는 듯 관능적으로 보였다. 추수가 끝나 황량한 초겨울 들판은 무와 배추의 푸르른 에로티시즘으로 기운이 넘쳤고, 색계色界가 되었다.

흙색과
꽃색은
서로를
핥고 스민다

'못생긴 나무가 선산 지킨다.'는 속담
이 있다. 장자莊子에는 '무용지용無用之用'이라는 말이 나온다. 쓸
모 없음의 쓸모 있음. 곧고 잘생긴 나무는 눈에 잘 띄므로 성목으
로 자라기도 전에 잘려 서까래나 장작이 되고, 못생긴 나무는 성
목이 되어 오래도록 산에 남아 성황나무가 되어 나그네에게는 그
늘을, 산새들에게는 쉼터를 주다가 안목 깊은 목수쟁이를 만나
훌륭한 예술품으로 다시 태어난다는 것이다.

못생긴 나무, 못생긴 과일, 못생긴 채소…….

텃밭에는 못생긴 가지, 못생긴 오이가 많이 달렸다. 농작물을
수확해 박스에 담을 때는 크기와 형태를 잘 선별해야 한다. 못생

긴 것, 작은 것, 흉터가 난 것은 골라내었다.

아무리 농사를 잘 지어도 농작물의 30퍼센트 이상은 못생겼다. 모든 꽃과 열매에 골고루 영양분이나 햇살이 공급되지는 않는다. 좋은 포도송이 곁엔 못생긴 포도송이가 달리고 튼튼한 고추 옆에는 볼품없는 고추가 자라게 마련이다. 이리 치이고 저리 치이기 때문이다.

사람들은 마트에서 때깔 좋고 잘생긴 농산물을 장바구니에 담는다. 사고 파는 물건은 예쁘고 잘생겨야 한다. 현대적인 유통구조 덕분에 우리는 마트에서 잘생긴 농산물만 접하지만 유통 이전의 생산단계인 논밭으로 가면 못생긴 농산물이 정말 많다. 초승달처럼 꼬부라진 오이, 작은 혹이 난 토마토, 뿌리가 갈라진 홍당무, 꼭지 하나에 몸통 세 알이 붙은 딸기, 유통기준에 못 미치는 작은 채소와 과일이 참 많다. 이들은 유통과정에서 폐기 대상이다.

하지만 시골에서는 못생겼다고 버리는 경우가 없다. 가물어서, 햇볕을 못 받아서, 옆의 열매에 치어서, 영양분을 제때 공급받지 못해서 못생긴 것이다. 못생긴 것들은 염소와 소와 토끼와 돼지의 먹이다. 못생긴 게 더 맛있는 경우도 많다. 벌레 먹거나 흉터가 있는 복숭아나 사과가 더 달콤하고 맛있는 경우도 허다하다. 시골집 부엌에는 잘생긴 채소와 과일보다 못생긴 채소와 과일이 더 많다. 이것이 도시의 부엌과 확연히 다른 점이다.

이것은 아버지와 엄마의 미학적 기준이기도 했다. 배워서 터득한 미학이 아니었다. 못생긴 농산물을 거르는 작업은 시각적 판단을 기준으로 한다. 시각적인 판단이 경제적인 판단과 영양학적인 판단을 좌우한다. 시각은 청각, 후각, 미각, 촉각에 비해 감각적 수용력이 매우 높다. 하지만 시골 아버지와 엄마는 공감각으로 교감하는 능력이 도시인들보다 앞서 있다. 그래서 시각만으로 미추를 구분하지 않는다. 그리하여 꼬부라진 오이, 삐뚤어진 가지, 벌레 먹은 깻잎, 성숙하지 않은 감자알에서도 아름다움을 느낄 수 있다. 아버지와 엄마에게 못생긴 과일이나 채소는 없다. 모두 아름다운 과일이고 예쁜 채소다.

충북 진천 보탑사라는 사찰에 가족나들이를 간 적이 있다. 이곳은 금강초롱, 무늬비비추, 술패랭이, 붓꽃, 상사화, 구절초, 하늘나리, 봉숭아, 맨드라미, 노루오줌, 송엽 등이 온갖 색깔과 향기를 풍기며 지천으로 피어난 야생화의 천국이다. 얼추 삼백 가지가 넘는 꽃들이 절 안팎으로 넘쳐나니 색깔과 향기도 넘치고, 나비와 벌 등 온갖 벌레가 날아다닌다. 온갖 꽃이 지천이었고 건물은 전부 야생화 뒤나 위나 옆에 있었다. 며느리뒤닦개 꽃 뒤에는 앙증맞은 돌부처가 바위에 앉아 웃고 있었다. 화려한 꽃의 색기色氣로 가득한, 화려한 색은 다 모인 사찰이었다. 식물들이 만들어내는 붉고 노랗고 푸른, 분홍과 선분홍과 청자빛의 울긋불긋한 원색과 보색과 사이색, 그리고 조명! 이곳이 해탈과 득도의 열락, 돈오돈수 돈오점수의 세계, 염화미소의 세계, 불전공화 헌화공덕의 세계인지, 아니면 노류장화, 환락가, 꽃대궐인지 분간이 되지 않았다.

그런데 자세히 보니 못생긴 꽃도 많았다. 못생겼다는 것은 또 다른 표정이었다. 잘생겼든 아니든 꽃에는 화려함과 유혹과 관능과 성적인 본능뿐만 아니라 연약함과 쇠락의 느낌, 삶에서 죽음으로의 이행이 스며 있었다. 꽃은 탄생과 소멸을 동시에 품고 있는 모순 덩어리였다. 바람에 흩날리는 꽃잎의 화려한 희극은 결국 땅에 떨어져 소멸하는 비극이었다. 꽃은 생명의 희열과 쇠락을 가장 극명하게 보여주었다. 삶의 덧없음, 인생무상, 공즉시색 색즉시공의 인식을 일깨웠다.

자세히 들여다보면 꽃은 그냥 꽃이 아니다. 꽃마다 향기와 색깔이 솟아난다. 노란 피, 빨간 웃음, 파란 절망, 분홍빛 현악 4중주, 초록 꽹과리, 하얀 뽕짝이 차고 넘쳐 흘러간다. 꽃밭은 색채의 군무이며, 범람이며, 해일이며, 탕진이며, 고갈이며, 사막이며, 은하수이며, 격랑이며, 초신성이다. 꽃밭은 색깔의 현기증이며, 순교이며, 아우성이며, 진군이며, 순례이며, 아제아제바라아제이며, 나무아미타불이다. 꽃은 세계 안에 있는 빛의 총량을 잘게 쪼갠 것이다. 그 쪼개진 것들의 퍼짐이다.

절 구경을 다 마친 아버지는 식구들 앞에서 자신 있게 말씀하셨다.

"그래도 네 엄마가 최고 예쁘다. 이 많은 꽃 중에서도 네 엄마가 가장 향기롭고, 가장 예쁘다."

엄마는 꽃을 무척 좋아하신다. 시골집은 꽃대궐이었는데 엄마는 텃밭과 마당과 뒤뜰을 온통 꽃밭으로 만들었다.

"화분에 심으면 못된 풀도 화초가 된다."

엄마가 심어두면 고추도, 천리향도, 고구마도, 생강도, 가지도 화초가 되었다. 주자는 '양장제거무비초若將除去無非草 호취간래 총시화好取看來總是花'라고 했다. 베어버리자니 풀 아닌 것이 없지만, 두고 보려니 모두 꽃이더라. 꼬브랑꼬브랑 일흔다섯 엄마는 이제 못생긴 꽃, 시들어가는 꽃이다. 그동안 가장 아름답고 숭고한 색깔과 향기를 누군가를 위해 뿌렸다. 엄마는 꽃의 만다라, 꽃의 나무아미타불, 꽃의 보살이었다.

꼬브랑꼬브랑 일흔다섯 엄마는 이제 못생긴 꽃, 시들어가는 꽃이다. 그동안 가장 아름답고 숭고한 색깔과 향기를 누군가를 위해 뿌렸다. 엄마는 꽃의 만다라가 되고 있다.

거름 중에 제일 좋은 거름은 발걸음이여

벼 자라는
소리에
개가
짖는다

벼 자라는 소리, 나락 크는 소리를 들어본 사람이 있을까? '벼 자라는 소리에 개가 짖는다.'는 속담이 있다. 입추 무렵 쑥쑥 벼 자라는 소리를 듣고 개가 짖다니, 신통력을 지닌 개가 아닌가?

시골은 속담이 넘쳐났다. 부모님의 입에서 불쑥 튀어나오는 속담은 한두 가지가 아니었다.

"해가 똥구멍까지 떴어."

해가 뜨지도 않았는데 엄마는 해가 똥구멍에서 떴다고 난리였다. 5월은 눈코 뜰 새 없이 바빠 온 가족이 새벽 들판으로 총출동해야 했다.

"입춘 추위는 꿔다 해도 한다더니."

입춘 무렵의 늦추위는 빠짐없이 꼭 온다는 뜻이 담긴 속담이다. 엄마와 아버지는 속담을 입에 달고 살았다. 아버지는 24절기에 관련된 속담을 대부분 아셨다. '망종芒種 때는 별보고 나가 별보고 들어온다, 대서大暑 더위에는 염소뿔도 녹는다, 입추立秋 때는 벼 자라나는 소리에 개가 짖는다.' 같은 속담을 입에 달고 사셨다.

하지는 정오의 태양도 가장 높은 날이다. 지표면에 열이 쌓이고 쌓여 하지 이후로는 기온이 상승해 본격적인 혹서가 시작된다. 그리고 그 무렵 장마도 시작된다. 아버지는 "하지 이후에는 구름만 지나가도 비가 내린다."고 하셨다.

하지에는 감자와 마늘과 양파를 캤다. 하지감자라는 말이 있다. 아버지는 자주감자를 심으셨다. "자주감자는 캐나마나 자주감자"라는 말도 자주 쓰셨다. 자줏빛 감자꽃, 자줏빛 잎새, 자줏빛 감자 알, 온통 자줏빛이라 캐보지 않아도 자주감자인지 알 수 있다는 뜻이다.

속담을 섞어 쓰는 아버지의 말버릇은 삶에서 온 것이었다. 1941년생 신사년 뱀띠 4월 초파일에 태어나신 아버지는 매일 새벽 두 시간 넘게 논두렁, 밭두렁을 돌아다녔다. 아침 밥상에서 아버지는 새벽 산책에서 만난 꿩병아리 일곱 마리와 까투리의 나들이에 대해, 칡꽃, 적하수오, 여주, 당귀, 돌배나무에 대해, 참깨꽃에 대해 끊임없이 수다를 떨었다. 마치 식물도감을 펼쳐놓고 읽는 것만 같았다. 아버지의 몸은 풀냄새와 소똥냄새로 가득했지만 그 비릿한 냄새 사이로 수천 가지 향긋한 내음이 났다. 아버지는 계절과 날씨의 변화에 매우 민감했다. 열두 간지와 띠, 24절기와 천문, 만세력을 달달 외우셨는데 하루에도 수백 번 곡식과 가축과 하늘과 대화하며 기력을 살피곤 했다. 아버지가 자나 깨나 24절기와 속담을 활용하셨지만 엄마도 속담이라면 그 못지않으셨다. 다음은 두 분이 자주 나누던 속담들이다.

- 입춘立春 – 가게 기둥에 입춘. 입춘 거꾸로 붙였나.
- 우수雨水 – 우수·경칩에 대동강이 물이 풀린다.
- 경칩驚蟄 – 우수에 풀렸던 대동강이 경칩에 다시 붙는다. 경칩 지난 게로군. 경칩이 되면 삼라만상이 겨울잠을 깬다.
- 춘분春分 – 꽃샘에 설늙은이 얼어 죽는다. 이월 바람에 검은 쇠뿔이 오그라진다. 이월 바람에 김칫독 깨진다. 강세 버들 꽃필 때 감자 심는다. 봄추위가 장독 깬다.
- 청명淸明 – 청명에는 부지깽이를 꽂아도 싹이 난다. 한식에 죽으나 청명에 죽으나.
- 곡우穀雨 – 곡우에 비가 오면 풍년 든다. 곡우에 가물면 땅이 석자가 마른다. 곡우에는 못자리를 해야 한다. 봄비는 쌀비다. 봄비가 많이 오면 아낙네 손이 커진다.

• 입하立夏 - 입하 바람에 씨나락 몰린다. 입하 물에 써레 싣고 나온다. 입하에 하늘이 맑으면 크게 가문다. 가지꽃과 부모 말은 허사가 없다.

• 소만小滿 - 소만 바람에 설늙은이 얼어 죽는다. 소만 추위에 소 대가리 터진다.

• 망종芒種 - 보리는 망종 전에 베라. 불 때던 부지깽이도 거든다. 별보고 나가 별보고 들어온다.

• 하지夏至 - 하지를 지내면 발을 물꼬에 담그고 산다. 하지가 지나면 구름장마다 비가 내린다. 아침 이슬에 오이 불듯 한다.

• 소서小暑 - 소서 때는 새각시도 모 심어라. 소서 때는 지나가는 행인도 달려든다. 새벽안개가 짙으면 맑다.

• 대서大暑 - 오뉴월 장마에 돌도 큰다. 염소 뿔이 녹는다. 더위 먹은 소가 달만 보아도 헐떡인다. 여름 소나기는 소 잔등을 다툰다. 종소리가 뚜렷하게 들리면 비.

• 입추立秋 - 입추 때는 벼 자라나는 소리에 개가 짖는다. 말복 나락 크는 소리에 개가 짖는다. 고추잠자리 날면 채소밭 일군다.

• 처서處暑 - 모기도 처서가 지나면 입이 삐뚤어진다. 처서가 지나면 풀도 울며 돌아간다. 처서 넘으면 풀도 더 안 큰다. 처서에 비가 오면 십 리 안 곡식 천 석을 감한다.

• 백로白露 - 칠월 백로에 패지 않는 벼는 못 먹어도 팔월 백로에 패지 않는 벼는 먹는다. 백로까지 핀 고추꽃은 효도한다. 백로

에 비가 오면 오곡이 겉여물고 백과에 단물이 빠진다. 백로 안에 벼 안 팬 집에는 가지도 말아라. 백로 아침에 팬 벼는 먹고 저녁에 팬 벼는 못 먹는다.

- 추분秋分 – 덥고 추운 것도 추분과 춘분까지이다. 가을상추는 문 걸어 잠그고 먹는다. 가을비는 장인 구레나룻 밑에서도 피한다. 가을비는 빗자루로도 피한다. 마파람이 불면 호박꽃이 떨어진다.

- 한로寒露 – 한로가 지나면 제비도 강남 간다. 가을 아욱국은 사위만 준다. 한로·상강에 겉보리 간다. 북서풍이 불면 서늘하다.

- 상강霜降 – 상강 90일 두고 모 심어도 잡곡보다 낫다.

- 입동立冬 – 입동이 지나면 김장도 해야 한다. 겨울 보리밭은 밟을수록 좋다. 겨울에 눈이 많이 오면 보리 풍년이 든다.

- 소설小雪 – 소설 추위는 빚내서라도 한다.

- 대설大雪 – 눈이 많이 오면 풍년이 온다. 눈은 보리의 이불이다.

- 동지冬至 – 동지섣달에 베잠방이를 입을망정 다듬는 소리는 듣기 싫다. 범이 불알을 동지에 얼리고 입춘에 녹인다. 동지섣달에 북풍이 불면 병해충이 적다.

- 소한小寒 – 대한이 소한 집에 놀러 갔다가 얼어 죽었다. 소한 추위는 꿔서라도 한다.

- 대한大寒 – 소한 때 얼었던 얼음이 대한 때 녹는다. 대한이

소한 집에 놀러갔다 얼어 죽었다.

중고생이 영어 단어 달달 외우듯, 아버지와 엄마는 절기와 속담을 달달 외고 계셨다. 두 분의 대화는 절기와 속담으로 시작해 계절과 자연현상, 햇빛의 높낮이와 바람의 온도와 비의 양, 농사 일거리, 작물들의 식생, 건강과 행복, 이웃과 가축들의 살아가는 이야기로 끝났다. 대화의 물꼬가 트이면 두세 시간은 기본이었다. 엄마가 "가을 아욱국은 사위만 준다."고 툭 던지면 아버지가 "가을 아욱국은 계집 내쫓고 먹는다.", "가을 아욱국은 사립문을 닫고 먹는다."로 맞받았다. 그만큼 가을 아욱국이 맛있다는 뜻이었다.

속담은 서너 개 어절로 구성된 짧은 형식이지만 거기에 내포된 비유적 의미는 매우 깊으며 촌철살인이다. 오랜 생활 속에서 터득한 삶의 지혜가 응축되어 있다. 고상하지도 않은 일상적인 속담이 천 마디 설명보다 정확하고 효과적이었다. 나도 일상 속에서 아버지와 엄마만큼 속담을 능숙하게 인용하고 싶지만 쉽지 않다. 생활과 밀착된 언어 감각이 없으면 속담을 일상에서 쓰기 어렵다. 부모의 삶과 내 삶의 패턴이 무척 다르다는 것을 속담을 통해서도 알 수 있었다.

거름 중에 제일 좋은 거름은 발걸음이여

부처님과
함께
고추 농사를
짓는다

"고추 심자."

5월 초순이면 아버지는 삼형제를 모두 시골로 호출한다. 고랑 패기, 비닐 씌우기, 구멍 뚫기, 물주기, 약주기, 고추모 놓기, 흙덮기, 말뚝 박기, 줄 매기 작업이 동시에 진행되어야 하기 때문에 고추 심기에는 일손이 많이 필요하다.

고추모는 땅내를 맡자마자 금방 하얀 꽃을 피우기 시작한다.

"백로白露까지 핀 고추꽃은 효도한다."

백로는 24절기 중 열다섯 번째 절기다. 백로는 '흰 이슬'이라는 뜻으로 이때쯤이면 밤에 기온이 이슬점 이하로 내려가 풀에 하얀 이슬이 맺힌다. 고추꽃이 초록 고추를 지나 붉은 고추가 되는 데는 45일이 걸린다. 고추는 첫서리가 내리면 잎이 녹아내려 말라 죽는데, 그 와중에도 끝물고추가 붉게 익어간다. 백로에 고추꽃이 하얗게 피면 10월 하순 늦가을이나 11월 초순 초겨울까지 붉은 고추를 딸 수 있으니 그게 다 목돈이 되었다. 고추는 첫서리가 내릴 때까지 계속 생장하고 꽃이 피고 결실을 반복하는 대단히 끈질기고 왕성한 생명체다. 그만큼 영양분도 많이 필요하기 때문에 고추밭은 깊이 갈아주고 밑거름을 듬뿍 주어야 한다.

그래서 고추 농사만큼 힘든 것도 없다고 한다. 고추는 가장 손이 많이 가는 농작물이기 때문이다. 4개월 동안 열 번 정도 고추를 따는데 일주일만 지나도 어느새 푸른 고추가 새빨갛게 익는다. 5월부터 시작해 10월까지 계속 꽃을 피우는데 일주일에 한 번씩 빨간 고추를 따주어야 했다. 고추 농사에 나 역시 꽤나 힘들었다. 매주 고추를 따고, 맑은 물에 깨끗이 씻고, 말리고, 말린 고추를 저울에 달아 비닐봉지에 담아야 했다. 쉴 틈이 없었다.

3월 초순이면 아버지는 고추씨를 사다가 모판에 모종을 한다. 고추 종자는 반드시 종묘상에서 사다가 심는다. 마늘, 콩, 파, 마, 고구마, 감자, 고추, 배추 등 종자는 거의 대부분 사다가 심는다고 한다. 작년에 수확한 옥수수 씨를 받아 올해 농사를 지으면 무조건 망한다고 한다. 유전자 변형이 심하게 일어난 옥수수는 이미 자가 번식 기능을 거의 상실했다.

고추는 습기가 많으면 뿌리 발달이 좋지 않아 시들음병과 역병이 발생할 우려가 크다. 그래서 물빠짐이 좋도록 고랑과 이랑 새를 최소 30센티미터 이상 높여줘야 한다. 그런 다음 비닐을 덮는다. '모 농사가 반 농사'란 속담이 있다. 고추모를 심을 때는 물을 흠뻑 주어야 땅심을 맡고 죽지 않는다. 너무 성급하게 4월 중순에 밭에다 심으면 아침저녁으로 기온이 낮아 오히려 고추가 몸살을 앓거나 늦게 열린다. 때로는 4월 중순에도 서리가 내리는데, 그러면 작물은 죄다 녹아버리고 죽는다. 그래서 고추는 5월 초순에 밭으로 옮겨 심는 것이 안전하다. 모종을 심은 후에는 반드시 모종 주위의 비닐이 들뜨지 않도록 흙으로 잘 덮어준다. 비닐이 들떠 있으면 뜨거운 열기에 고추가 상해를 입기 때문이었다.

온 가족이 달려들어 천 포기 정도의 고추를 심는다. 경운기를 돌려 물을 주고, 고추모를 심고, 북을 돋우고, 말뚝을 박는다. 말뚝도 땅속 깊이 박아야 쓰러지지 않는다. 쩌렁쩌렁 산이 울릴 정도로 망치를 내리치며 말뚝을 박는다.

고추는 병충해 관리가 핵심이다. 6월 이후 장마가 시작되면 습기가 높아 역병이나 시들음병, 진딧물, 담배나방이 발생하기 쉽고, 특히 무더운 여름에는 탄저병이 심하므로 적기에 약을 뿌려야 했다. 경운기의 힘을 빌려 약을 준다. 큰 다라 가득 물과 약을 섞어 긴 호스를 통과한 약물을 약총으로 뿌린다. 밭고랑을 돌며 약총을 들이댈 때 분사되는 하얀 약물 분수를 보면 마치 불을 끄는 소방관이 된 듯도 하다.

고추는 7월 중순부터 9월 중순까지 일주일에 한 번씩, 열 번 정도 딴다. 낮에는 무더워 고추를 딸 수 없고 새벽에 3시간, 저녁 무렵 3시간 정도를 딴다. 빨간 고추는 열풍건조실에서 사흘 말리고, 비닐하우스에서 이틀 더 말리면 태양초 고추가 된다.

7월 중순이면 고추나무는 사람 키보다 더 크게 자란다. 사람 키를 폭 파묻는 고추밭. 고랑을 따라 가면 깊고 끝없는 빨간 고추 터널. 붉디붉은 고추 터널. 비닐 자루를 들고 다니며 고추를 딴다. 터널을 나와 그 옆 고랑 고추 터널로 들어설 때는 막막하다. 시간은 더디 가고 햇살은 따가워 짜증이 밀려온다. 이때 엄마의 휴대용 라디오에서 트롯이 흘러나온다. 흥얼흥얼 따라 부른다.

이렇게 고생해서 수확해도 중국산이 밀려들어오거나 유통과정에서 장사꾼들의 담합이나 농간이 벌어지면 고추값이 폭락했다. 가격이 폭락해도 아버지는 해마다 고추를 심었다. 수십 년간 해마다 천 포기 정도의 고추를 심었다. 백오십 포기는 김장김치와 고추장을 담고, 삼백 근 정도는 내다 팔았다.

가을이 되면 모든 색은 고추밭으로 몰려온다. 여름부터 늦가을까지 고추밭엔 하얀색 꽃이 핀다. 새파란 애기 고추, 다 자란 빨간 고추가 주렁주렁 달렸다. 가을 끝자락에 고추밭에 가면 고추와 함께 자란 새까만 까마중 열매도 따먹을 수 있고, 고춧대 밑에 심은 청보라색 순무도 뽑아먹을 수 있다. 수확이 끝나면 고추대궁은 뿌리를 뽑아 말린다. 뿌리가 뽑혔는데도 아직 매달린 파란

거름 중에 제일 좋은 거름은 발걸음이여

고추들은 찬이슬과 서리를 맞으며, 가을햇살을 함뿍 쬐며, 뿌리 뽑힌 대궁에서 알딸딸 새빨갛게 익어간다.

잘 마른 빨간 고추를 흔들면 사그락사그락 딸랑딸랑 씨앗소리가 났다. 고추를 툭 부러뜨리거나 가위로 자르면 속에서 황금빛 씨앗 수백 알이 금은보화처럼 소복하게 쏟아져 나왔다. 부처님의 사리를 닮았다. 고추는 거의 모든 반찬에 필수적인 양념이다. 고추 농사에 따라 장맛이 정해지고, 고춧가루 맛에 따라 매운탕이나 김장이나 나물무침의 맛이 결정될 것이다. 부처님이 고추 농사를 이제 그만 지어라 부탁을 해도 아버지는 거절하실 것이다. 아마 죽을 때까지 고추 농사를 포기하지 않으실 것이다.

고추를 다 따면 대궁은 뿌리를 뽑아 말린다. 아직 매달린 파란 고추들은 찬이슬과 서리를 맞으며, 늦가을 햇살을 함북 쬐며, 뿌리 뽑힌 대궁에서 알딸딸 새빨갛게 익어간다. 죽음 이후에도 스스로를 익힌다.

뿌리는
땅과 하늘의
무한 접속을
꿈꾼다

이른 봄 달래, 씀바귀, 고들빼기, 냉이 뿌리를 넣고 끓인 된장국을 먹으면 기운이 난다. 겨우내 혹한을 이겨낸 뿌리에는 약효가 있어 몸에 좋다.

모내기를 할 때는 모판의 모를 뽑아야 한다. 그때 수없이 엉켜 있는 하얀 실뿌리를 잠깐 볼 수 있다. 오이, 고추, 호박, 수박, 참깨, 들깨모를 모판에서 밭에다 옮겨 심을 때 살짝 그 뿌리를 엿볼 수 있다. 고구마는 줄기를 잘라 심으면 줄기의 마디나 끝에서 뿌리를 뻗는다. 가을걷이가 끝난 후에 갈아엎은 논밭에선 콩, 벼, 팥, 깨, 수수, 기장, 보리의 뿌리가 보인다.

"뿌리가 튼튼하면 잎도, 꽃도, 열매도 튼튼한 거야. 뿌리는 모든

거름 중에 제일 좋은 거름은 발걸음이여

식물의 핵심이야. 튼튼한 뿌리에서 상품성 높은 열매를 수확할 수 있어. 뿌리를 건강하게 키우는 것, 그것이 성공한 농사의 지름길이야."

아버지는 뿌리를 잘 살피라고 자주 말씀하신다. 누렇게 잎이 뜨거나, 꽃과 열매가 부실하거나, 질병에 취약할 경우 아버지는 작물을 쑥 뽑아서 뿌리를 유심히 살피곤 했다. 땅을 파헤쳐 흙속에 어떤 곤충이나 애벌레가 있는지, 물빠짐이나 수분함유량은 어떤지를 살폈다. 작물을 향한 아버지의 접근법은 땅속 상태를 세심하게 살피는 것이 최우선이었다.

"배추는 무엇을 먹고 사나?" 하고 누군가 묻는다면 많은 농사꾼들이 물과 흙속의 영양분과 햇볕을 먹고 자란다고 답할 것이다. 그러나 아버지는 좀 달랐다.

"인간은 유기물을 먹는데, 배추는 무기물을 먹지." 아마도 이렇게 운을 뗄 것이다.

"질소, 인산, 칼륨, 칼슘, 마그네슘, 황, 철, 붕소 등등 이런 것들이 무기물이야. 이 중에서 가장 중요한 것이 뭘까? 질소가 없으면 식물은 자라지 못해."

이런 식이다. 거기서 끝나는 게 아니다. 곡식은 주로 뿌리로 식사를 한단다. 그래서 곡식의 근본은 열매나 꽃이 아니라 뿌리라고 누차 강조한다.

"곧은뿌리는 원뿌리와 곁뿌리로 되어 있지. 옥수수, 민들레, 쑥

바귀, 명아주, 토마토, 가지, 피망, 갓, 담배, 아마, 목화, 참깨, 유채
는 곧은뿌리가 있어. 국화, 잔디, 콩, 달맞이꽃, 벼, 보리, 파, 강아
지풀, 들깨는 수염뿌리로 되어 있지. 당근, 고구마, 무, 인삼, 다알
리아, 감자는 뿌리가 굵게 자라 덩이 모양을 이루는 덩이뿌리야.
덩이 안에 영양분을 저장하기 때문에 저장뿌리, 알뿌리라고 하는
사람도 있어. 부착뿌리라고 해서 담벼락에 쩍쩍 눌어붙는 담쟁이
덩굴도 있지. 버팀뿌리라는 것은 뿌리의 지탱 능력을 돕기 위해
줄기의 첫마디나 둘째마디에서 뿌리가 내려오는 거야. 옥수수나
수수에는 버팀뿌리가 있지. 수중뿌리도 있어, 물 위에 둥둥 떠다
니는 뿌리. 뿌리 전체에서 물을 흡수하고 물에 떠있기 쉽도록 받
쳐주는 거야. 부레옥잠, 개구리밥, 마름 등이 그렇지."

　식물 뿌리 얘기에는 전문용어도 섞여 있었다. 아버지는 과학영
농을 추구하는 분이었다.

　"뿌리는 호흡작용, 흡수작용, 저장작용, 지지작용을 해. 호흡작
용은 산소를 흡수하고 이산화탄소를 배출시켜. 흡수작용은 물과
무기양분을 흡수하는 건데, 뿌리에 있는 뿌리털로부터 흡수가 되
지. 저장작용은 사용하고 남은 양분을 저장하는 역할이야. 지지
작용은 말 그대로 식물체를 지탱하게 하지. 식물의 뿌리는 땅속
깊이 박혀 식물을 서 있게 해주고, 바람이 불어도 쓰러지지 않게
지탱해줘."

　아버지는 생장점, 뿌리골무의 기능과 생김새도 훤히 아셨다.

약재로 쓰이는 뿌리에 대해서도 해박하셨다.

6월 25일, 감자를 캤다. 감자는 덩이뿌리다. 뿌리가 변해서 둥근 알이 된 것이다. 원래 감자는 잉카인들이 7천 년 전부터 해발 4천 미터가 넘는 안데스산맥에서 기르던 고산식물이다. 뿌리를 확 뽑아 올리면 강아지나 돼지새끼처럼 대여섯 개 우루루 딸려 나왔다. 다섯 골을 캤는데 라면박스로 15박스 정도 나왔다. 한 골은 자주감자였다. 하얀감자는 주렁주렁 열 개 이상 달리는데 자주감자는 한두 개 씩 달리고 크기도 작았다. 자주감자는 수확이 적은 만큼 귀하고 비싸다.

봄에 감자를 심을 때면 감자 한 알을 네 조각으로 쪼개어 심는다. 조각 하나에 감자 눈이 서너 개 달려 있다. 씨감자의 눈에서 싹이 나야 심기 시작하고, 심고 나서 50일 정도 지나면 감자꽃이

식물은 잎이나 꽃보다도 뿌리를 잘 살펴야 한다. 뿌리는 자유롭고 유동적인 타자와의 무한 접속을 위해 뻗어가는 리좀(Rhizome)의 철학으로 이어지기도 한다.

핀다. 감자꽃은 모두 따주어야 영양분이 뿌리로 간다. 감자는 꽃 식물이 아닌 뿌리식물이다. 뿌리에 알이 생기고 영양분이 저장되면 그게 열매가 된다.

감자는 심은 지 100일 정도면 수확을 한다. 장마가 본격적으로 시작되는 7월 초 전에는 반드시 수확을 해야 한다. 비가 올까봐 너무 서두르면 미처 여물지 않아 맛도 없고 저장성도 떨어진다. 그렇다고 장마철이 다 되어 공기 중에 습기가 가득할 때 캐는 것은 더 위험하다. 감자를 썩게 만드는 온갖 고약한 병들을 불러와 저장성이 매우 떨어지고, 해골병이 걸려 곧바로 썩어버리기 때문이다.

햇감자를 캐서 바로 가마솥에 찐다, 굵은 소금을 술술 뿌리고 푹 찌면 껍질이 갈라지고 부르트며 팔곰팔곰 달달하고 푹신푹신 고소하게 익는다. 배추김치에 싸먹으면 천하제일의 진미다.

세 박스를 가지고 올라와 처가에 한 박스 주고, 이웃에 한 박스 나누고, 우리가 한 박스를 먹는다. 쪄 먹고, 볶아 먹고, 졸여 먹고, 국에 넣어 먹고, 밥에 넣어 먹고, 닭도리탕에 넣어 먹는다. 도시의 아파트엔 장작불이 없어서 구워먹지는 못한다.

뿌리의 세계는 오묘하고 재미있는 철학이다. 인류의 뿌리를 찾아서, 조상의 뿌리를 찾아서, 문화유산의 뿌리를 찾아서, 촛불혁명의 뿌리를 찾아서, 믿음의 뿌리를 찾아서……. 산야에서 자생하는 약초나 들풀, 그리고 들판에 심은 농작물의 뿌리는 사방팔

방으로 경계를 넘어 뻗어간다. 뿌리는 자유롭고 유동적인 타자와
의 무한 접속을 위해 뻗어가는 리좀Rhizome의 철학으로 이어지
기도 한다.

아버지의
몸에는
꽃의 수액이
흘렀다

낮잠을 주무시는 아버지의 종아리에
형형색색의 반점이 박혀 있다. 가까이 다가가서 보니 거머리에
물린 곳에서는 피가 나와 엉겼고, 그 옆으로는 개구리밥이 서너
개, 주위로는 논바닥에 자라는 잡초가 피운 물달개비꽃잎과 매화
마름꽃잎이 붙어 있다. 마치 무명치마에 꽃무늬 자수를 놓은 것
같았다. 논에서 종일 피사리를 하신 것이다. 피사리는 더디다. 드
넓은 논바닥을 훑어 잡초를 뽑아내야 한다.

5월 시골길을 걷다 보면 하얀 꽃들이 드넓게 펼쳐져 있는 풍경
을 보게 된다. 일명 '계란꽃'이라 불리는 개망초다. 번식력이 강
해서 망초 한 그루만 있어도 농사를 망칠까 이것 뽑느라 생고생

거름 중에 제일 좋은 거름은 발걸음이여

을 한다. 농약에도 잘 안 죽고, 불에 태워도 뿌리가 살아난다. 키가 쑥쑥 자라서 경우에 따라 2미터 가까이 자라는 일도 있다. 그곳이 농경지라면 잔뿌리까지 캐내는 방법뿐이다. 그러나 캐낼 때 씨가 떨어지면 더 번식한다. '망초가 땅을 차지하면 나라가 망한다.'는 말이 있다. 그래서 이름이 망초亡草란다. 엄청난 생명력 때문에 망초가 밭에 자라면 농사를 망치고, 농사를 망치면 나라가 기운다고 해서 붙여진 이름일 것이다.

오뉴월이면 망초처럼 흔한 들꽃과 작물의 꽃이 산천을 가득 덮었다. 가지꽃, 참깨꽃, 완두콩꽃, 감자꽃, 오이꽃, 고추꽃, 작약, 오디, 산딸기, 자주달개비꽃, 꿀풀꽃, 으름꽃, 병꽃, 바람꽃, 오동나무꽃, 사랑초꽃 등 도시에서 30년 넘게 살아온 나도 이만큼은 알고 있다. 하물며 농투사니 촌놈인 아버지는 어떠하랴. 온 세상에 꽃비가 내리고, 꽃분수가 쏟아지고, 꽃구름이 흐르고, 꽃바람이 불고, 꽃너울이 치고, 꽃은하수가 흐르고, 꽃사태가 벌어진다.

아버지는 꽃을 좋아하는 편은 아니었다. 감자가 꽃을 피우면 감자꽃을 모조리 따서 밭고랑에 버렸다. 고구마가 꽃을 피우면 고구마꽃을 따서 밭고랑에 버렸다. 담배가 선분홍 꽃을 피우면 낫을 들고 다니면서 가차 없이 담배꽃 대궁을 댕강 잘랐다. 꽃으로 가는 영양분을 이파리로 보내기 위해서였다. 어떤 농작물의 꽃은 따서 버려야 할 애물단지였다.

아버지는 하얀 벼꽃을 좋아했다. 논 가득 하얀 벼꽃이 피면 논에 가득 물을 댔다. 수정이 되고 벼이삭에 토실토실 알이 밸 때는 벼들이 엄청난 먹성을 자랑하며 왕성하게 물을 흡수한다. 드넓은 들판 가득 벼꽃이 필 무렵 아버지는 들판을 '불국정토'라고 불렀다.

아버지는 여름과 가을이면 지게 가득 소꼴을 베고 노을 속을 휘청거리며 귀가하셨다. 꽃을 베어 오는 것인지 풀을 베어 오는 것인지 모를 만큼 지게가 큰 꽃다발 같았다. 아버지가 소에게 바치는 꽃다발이었다. 자귀나무의 꽃과 잎은 영양덩어리라 소가 무척 좋아했다. 소는 긴 혀를 쑥 빼물고 먹어치웠다. 자주색 강낭콩꽃을 댕강! 보라색 도라지꽃을 댕강! 후각 세포를 자극하는 짙은 풀향기와 꽃향기를 댕강! 내가 맡아본 수액은 모두 향기로웠다. 꽃과 풀잎이 흘리는 수액은 사랑의 묘약 같았다. 쑥부쟁이, 패랭이꽃, 개여뀌꽃, 개미취꽃, 나리꽃, 호박꽃 줄기가 댕강! 모가지가 댕강! 아버지는 낫질을 잘하셨다. 슥삭슥삭! 방금 풀을 벤 낫날에 비릿한 꽃향기, 꽃의 수액이 흘렀다. 낫에서 풀냄새와 꽃냄새가 흘러내렸다. 아버지의 온몸에 풀과 꽃의 파편이 튀었다. 목덜미, 이마, 콧등, 팔뚝에 꽃잎 치장, 꽃잎 문신을 한 듯했다. 아버지의 몸에서는 수컷 냄새, 흙 냄새, 불 냄새, 소똥 냄새, 논 냄새, 밭 냄새, 닭똥 냄새, 송아지 냄새가 진동했지만 그 사이로 향기로운 꽃내음도 났다. 킁킁! 아버지 곁에 가면 사람 냄새와 짐승 냄새와 들판 냄새와 꽃 냄새가 몽글몽글 피어올랐다. 사람과 꽃에 덩달아 취하고 말았다.

사마천이 쓴 사기에 '도리불언하자성혜桃李不言下自成蹊'라는 말이 있다. 복사꽃 오얏꽃은 말을 하지 않아도 그 향기와 빛깔로 인해 작은 길이 저절로 생긴다는 뜻이다. 아버지의 작은 길이 그러했으리라.

아버지와 대화를 나누다 보면 자연에 대해 뜻밖의 사실을 알게 될 때가 있다. 관광버스를 타고 서산농장을 지날 때였다. 아침햇살을 등에 업은 황금빛 소떼가 방목되는 참이었다. 관광버스 기사의 설명에 따르면 서산목장은 여의도 면적의 4배인 340만평. 1969년 김종필 전 국무총리가 조선 12진산鎭山의 하나였던 서산 상왕산의 울창한 숲을 베어내고 우리나라 최대의 목장을 만들었다고 한다. 목장이 가장 아름다운 때는 벚꽃이 만개하는 4월 중하순. 목장길을 따라 수령 30년 벚나무 천여 그루가 초록 목초밭을 배경으로 벚꽃터널을 이룬다고 했다. 목초밭은 건초를 생산하는 채초지와 소를 방목하는 방목지로 나뉜다. 목장길의 대표적인 이미지인 하얀 직선과 목장 구릉의 푸른 곡선이 어울려 한 폭의 풍경화를 그린다. 벚꽃터널에서 꽃비를 흠뻑 맞은 소떼가 풀을 뜯다가 능선으로 이동하는 모습은 마치 성지순례를 떠나는 성직자들과 같았다.

광활한 초록 능선으로 이어진 목장을 바라보면서 아버지는

"냉이꽃, 꽃다지, 개불알꽃 좀 봐. 형형색색이야."

그 말에 나는 깜짝 놀랐다. 고속도로를 씽씽 달리는 버스 안에

서 초원에 아기자기하게 핀 작은 꽃을 볼 수 있다니! 보통 사람들은 광활하게 트인 초원의 초록 융단을 보고, 아름다운 능선의 율동을 본다. 능선 위의 벗나무 군락과 황금빛 누런 소떼를 본다. 그 뒤로 이어지는 상왕산과 가야산의 미려한 산세를 본다. 수려한 풍경을 거시적으로 넓게 바라볼 뿐 쪼그려 앉아서나 볼 수 있는 미시적인 야생화들은 눈에 들어오지도 않는다. 그런데 아버지는 달리는 버스 안에서 산비탈의 야생화 꽃밭을 보고 반한 것이었다. 아버지는 미시적인 관점으로 자연의 이치를 누구보다도 예민하고 정확하게 감지하는 능력을 지니신 게 분명했다.

아버지가 지게 가득 소꼴을 베어 왔는데 야생화 수십 송이가 들어 있었다. 꽃을 베어 오는 것인지 풀을 베어 오는 것인지 모를 정도였다. 자주색 강낭콩꽃을 댕강! 노란 민들레꽃을 댕강! 보라색 도라지꽃을 댕강! 지게의 소꼴은 아버지가 소에게 바치는 꽃다발이었다.

거름 중에 제일 좋은 거름은 발걸음이여

햇마늘은
입안을
극락으로
만든다

"마늘 캔다."

6월 중순이면 아버지에게서 연락이 온다. 군침이 돈다. "내려
와라, 마늘 캐자."라는 말은 세상에서 가장 아름답고 건강한 유혹
의 말이다. 엔돌핀이 솟고, 심장으로 아드레날린이 상륙한다. 남
성호르몬 분비가 왕성해진다. 상상할 수 있는 모든 즐거움이 햇
마늘에 다 모여 있다.

나는 맛있는 지리산 흑돼지 삼겹살을 사가지고 와서 불판에
삼겹살 파티를 벌인다. 햇마늘 수확철이다. 하지감자와 양파도
비슷한 시기에 수확한다. 상추, 원추리나물, 씀바귀, 엄나무순, 고
들빼기, 오가피순 등 열 가지가 넘는 나물을 텃밭과 담장 주위에

서 바로 뜯어다 소쿠리 가득 담는다. 그리고 방금 뽑은 햇마늘의 껍질을 대충 통째로 벗긴다.

순연한 햇마늘을 맛보려면 제일 먼저 햇마늘만 입안에 굴려 깨문다. 입 안 가득 퍼지는 아린 맛! 정신이 번쩍 든다.

몇 시간 전에 뽑은 육쪽 햇마늘의 맛! 방금 채취한 봄나물의 맛! 막걸리 맛! 소주 맛! 마늘은 마치 꽉 움켜쥔 주먹을 닮았다. 이를 앙다물고 주먹을 꽉 쥔 오기와 끈기와 배짱! 햇마늘의 알싸하고, 아리고, 맵고, 달짝지근하고, 즐거운 맛! 마늘이라는 양념이 빠진 음식은 맛이 반감된다. 아버지와 엄마, 형, 여동생, 사촌과 아들, 열 명이 넘는 식구가 마당에서 삼겹살 파티를 벌인다.

곡식 중 가장 늦게 심는 것이 마늘이다. 10월이 되어서야 밭을 깊게 갈아엎고 마늘을 파종한다. 마늘은 모진 풍파와 한파를 견디면서 자란다. 11월이 되면 마늘은 초록 촛불처럼 싹을 틔운다. 흰 눈 속에서도 파랗게 눈뜨고 있는 마늘싹을 보면 신기하다. 마늘이 자라려면 뿌리가 깊게 뻗어야 하는데 뿌리는 보통 5월에 많이 자란다. 이때 물을 흠뻑 줘야 하는데 하필 1년 중 가장 가물 때라, 마늘 농사는 물과의 싸움이다.

아버지와 엄마와 여동생은 종종 함께 마늘을 깐다. 나도 곁에 앉아 함께 깐다. 손끝이 아리지만 마음만은 달콤한 시간이다. 마음의 수양이 필요할 때는 두세 시간 쭈그리고 앉아 매운 마늘을 깐다. 손끝이 아리고, 손톱이 얼얼해지고, 눈물이 나지만 그럴수록 온몸이 정화되고 마음이 맑아지며 묘한 쾌감이 밀려온다.

12월 초순에는 또 한 번 마당에서 가족 파티가 벌어진다. 김장하는 날이다. 김치를 200포기 정도는 담갔다.

"돌밭의 무와 배추가 가장 맛있어. 토질에 가장 약효가 많기 때문이야."

무 씻고, 무채 썰고, 썰면서 숭숭 깎아먹고, 그러다 껍질 채 통째로 아그작아그작 씹어먹고…. 애액愛液 같은 무즙을 흘리는 식칼의 혓바닥은 얼마나 달큰하게 반짝이던지!

식칼을 들고 배추를 열십자로 사등분할 때 쩍쩍 쪼개지며 드러나는 배추의 속살을 바라보면 경건하기까지 했다. 200포기의 배추가 4등분으로 쪼개져 800포기로 증폭돼 마당 한편에 증조부의 무덤 크기로 쌓였다.

배추 속에는 메뚜기들이 수없이 들어가 있다. 11월 중순 느닷없이 된서리가 내리고 눈발이 휘날리고 기온이 급강하하면 추위에 놀란 메뚜기들이 배춧잎 속으로 깊이 기어들어간다. 물로 잘 헹구어 메뚜기를 털어내고, 애벌레와 잡티를 털어내고, 굵은 소금을 뿌려 배추의 탱탱한 숨을 죽이고, 물에 담갔다가 꺼내는 작업을 대여섯 차례 반복하며 간을 맞추는 작업이 쉽지는 않았다. 하지만 배추를 토막 내어 소금물에 씻고, 배춧잎 사이사이로 굵은 소금을 사각사각 흩뿌릴 때, 소금이 타닥타닥 퉁기며 파고들 때 배춧잎이 토해내는 신음소리는 마치 에로영화를 보는 느낌과 흡사하다.

엄마와 아버지는 생강과 마늘을 빻아 고춧가루와 섞고, 까나리 액젓과 푹 삶아 걸러낸 황석어젓을 넣고, 찹쌀풀을 쑤어 흠뻑 섞고, 갓과 미나리와 쪽파와 양파를 숭숭 썰어 또 섞었다. 채 썬 무를 손끝으로 버무리면 매콤하고 입맛 도는 무생채가 완성되었다. 이토록 아름다운 일요일 오후를 향해 가족열차는 씽씽 달려간다.

"올해는 배추 속이 너무 알차서 탈이야."

"네? 왜요?"

"속이 너무 알차면 김치가 푸석해. 푸른 겉잎새가 적당히 많아야 달근하고 맛있어."

형수님과 여동생과 아내가 큰 다라에 빙 둘러앉아 절인 배추의 속치마를 들추며 깊은 속살까지 양념을 쓱쓱 묻히고 서로의 입속에 집어넣는 순간.

"양념을 너무 많이 집어넣으면 김치의 시원한 맛이 반감돼. 김치가 익어서 찌개를 끓여먹을 때는 단맛이 으뜸인데 양념이 너무 많으면 배춧잎의 단내가 사라져서 맛이 덜해."

아버지는 인삼주를 내오고, 오가피 줄기와 뿌리를 넣고 푹 삶은 돼지고기 수육을 숭숭 썰어 내온다.

8월 중순에 배추씨와 무씨를 파종해 가장 정성스럽게 키워낸 사람이 바로 아버지다. 식칼로 밑동을 자르고 배추를 토막 내 씻고 소금에 절이는 과정을 도맡아 책임진 사람도 아버지다. 그러고 보니 김장의 절반 이상은 아버지의 노력과 수고였던 것이다.

갓 절인 김장배추에 돼지목살을 싸서 서로의 입 속에 넣어줄 때, 조카와 아들들이 달려들어 서로 달라고 아우성일 때, 맛있다 연발하며 재잘거릴 때, 항아리와 통에 차곡차곡 김치를 포개어 넣을 때, 허리는 으깨지듯 아파도 식구들 모두 기분이 좋아서!

"한해 농사 드디어 마무리했네."

이틀 동안 중노동을 했지만 혀도, 눈썹도, 허파도 웃고, 내장은 이틀이나 웃음의 조깅을 해야 했다.

세 종류의 김치를 담갔다. 새우로 담근 김치가 당장 먹기에 으뜸이고, 까나리액젓 김치는 2~3개월 후에 먹어야 으뜸이고, 황석어젓 김치는 비릿해서 시간을 두고 삭혀 먹어야 맛이 훨씬 깊다는 것을 배웠다. 내년 봄에는 잘 삭힌 황석어젓 김치를 꺼내 돼지고기두부김치볶음을 해먹을 작정이다.

제3부

들판에서
새참 먹는
재미를
아느냐

들판은
드넓은
울음곳간이더라

　　나는 초평평야에서 나고 자랐다. '끝
없는 광야를 헤매었다! 끝없는 광야를 달렸다! 끝없는 광야를 뚜
벅뚜벅 걸었다!'라고 어린 시절을 표현하고 싶다. 광야라는 단어
가 너무 거창한가?

　선명한 지평선 아래로 때로 짙은 안개나 달빛이, 하늘과 땅이
서로 몸을 섞는 곳. 초평평야 들판에 서면 나는 광야에 들어선 듯
착각에 빠지곤 한다. 이육사의 「광야」를 읊조리고, 안치환의 〈광
야에서〉를 부른다. 성경구절도 암송한다. 그러면 뭔가 알 수 없는
힘에 이끌리는 느낌이다. 박지원의 『열하일기』도 떠올려본다.

　『열하일기』의 「호곡장」에서 연암 박지원은 2천 리 요동벌판을

바라보며 '울 만한 곳이로구나!'라고 감탄했다. 일망무제一望無際, 일망무애一望無涯, 호연지기浩然之氣, 무장무애無障無碍, 광대무변廣大無邊의 세상을 목도할 수 있는 곳! 광야!

성경에는 다윗, 모세, 요한, 예수 네 인물의 장대한 광야 생활이 나온다. 다윗의 시편은 광야의 노래다. 양을 치는 목동이었던 다윗은 사울 왕을 피해 계곡과 엔게디 광야로 숨어들었다. 600미터 이상의 절벽과 협곡과 동굴이 있고 그 위로 황량한 고원이 펼쳐진 곳이다. 거칠고 황량한 광야에서 다윗은 "여호와는 나의 목자시니 내게 부족함이 없으리로다. 그가 나를 푸른 풀밭에 누이시며 쉴 만한 물가로 인도하시는도다." 하고 엉뚱한 노래를 불렀다. 풀 한 포기 자라지 않는 사막과 음침한 골짜기와 소금 호수의 노래치고는 너무 아름다웠다.

낙타 털옷을 입고, 밥 대신 메뚜기와 석청을 먹고 살던 요한은 "나는 한낱 광야에서 외치는 소리일 뿐이다.", "나는 내 뒤에 오시는 그분의 신발끈을 풀기도 감당하지 못하겠노라."라는 고백을 남기고 휘황찬란한 예루살렘을 떠나 깊은 광야로 들어갔다. 그는 고독과 추위, 유혹과 배고픔에 맞서 영적으로, 육체적으로 깨어 있기 위해 각고의 노력을 했다.

모세와 이스라엘 백성들은 무려 40년 넘게 광야를 헤맸다. 피재앙, 개구리 재앙, 장자의 죽음, 불기둥과 구름기둥의 고통을 겪었다. 40년 넘게 광야 생활을 한 끝에 비로소 홍해의 갈라짐을 통해 젖과 꿀이 흐르는 가나안 땅으로 들어설 수 있었다.

예수는 공생애를 시작하기 전에 사람이 없는 유대 광야로 들어가 40일 동안 금식기도를 하면서 온갖 유혹에 맞서 싸웠다. 40일 밤낮 동안 예수는 혼자였다. 거친 들판, 황량한 땅, 바위와 돌 틈, 작열하는 태양, 한밤중 차가운 공기와 모래바람, 굶주린 짐승들의 울부짖음, 극도의 공포와 불안, 괴로움과 기아와 유혹과 시험을 견뎠다.

성경을 읽다가 문득 '우리 문학사에 광야의 시인, 광야의 예지자가 몇 명이나 존재할까?' 하는 궁금증이 생겼다. 신동엽의 「금강」, 채만식의 『탁류』, 박경리의 『토지』를 광야의 노래로 보기에는 부족함이 있다. 혜초의 『왕오천축국전』, 박지원의 『열하일기』, 이육사의 「광야」가 그래도 광야의 노래라고 볼 수 있겠다. 광야에는 외침과 울부짖음과 부르짖음이 있어야 한다.

"광막한 광야를 달리는 인생아, 너의 가는 곳 그 어데냐. 쓸쓸한 세상 험악한 고해에, 너는 무엇을 찾으려 가느냐." 윤심덕이 부른 〈사의 찬미〉는 이바노비치가 작곡한 노래의 번안곡이다. 광야라는 용어가 우리 문학사에 등장한 것은 아마도 이육사의 「광야」가 처음일 것이다.

이후로 우리 문학에 '광야'라는 어휘가 드문드문 등장한다. 백무산 시인이 「길은 광야의 것이다」라는 시를 썼다.

거름 중에 제일 좋은 거름은 발걸음이여

저기 출렁이는 물결을 보아라

허공에 맞닿아 끝없이 일렁이는 물결을 보아라

길이란 길은 광야 위에 있다

길 위에 머물지도 말고 길 밖에 서지도 말라

길이란 길은 광야의 것이다

삶이란 흐르는 길 위의 흔적이 아니다

일렁이어라 허공 가운데

끝없이 일렁이어라 다시 저 광야의

끝자락에서 푸른 파도처럼 일어서는

길을 보리라

　　안치환은 〈광야에서〉라는 노래로 우리 심장에 '광야'를 각인시
켰다.

해뜨는 동해에서 해지는 서해까지

뜨거운 남도에서 광활한 만주 벌판

우리 어찌 가난하리오 우리 어찌 주저하리오

다시 서는 저 들판에서 움켜쥔 뜨거운 흙이여

　　다윗처럼 경전의 한 토막이 된 『시편』 전체를 광야의 노래로

채운 작품이 아직 우리 문학사에는 없다. 그런 의미에서 우리 문학은 아직 광야의 상상력이 풍요롭지 못하다. 시원의 상상력, 우주적 상상력, 고행의 상상력, 외침과 울부짖음의 상상력, 대지적 상상력, 종교적 상상력이 서로 결합할 때 비로소 광야의 상상력은 풍성한 함의를 지닐 것이다.

내가 들판을 헤매고, 들판에서 울부짖고, 들판에서 무릎 꿇고 기도하는 이유도 광야의 노래를 짓고 싶어서라면 오만한 생각일까?

'다시 천고의 뒤에 백마 타고 오는 초인이 있어 이 광야에서 목 놓아 부르게 하리라!' 이 광야에서 목 놓아 울부짖을 초인은 누구인가?

들판에서는
광란의
에로스가
펼쳐진다

꽃들도 서로 첫눈에 반할까? 꽃들도 서로의 만남을 운명의 장난이라고 생각할까? 꽃들도 두근거릴까? 꽃들도 친밀감을 높이기 위해 서로 닿고 싶어 할까? 꽃들도 성적인 매력에 푹 빠져 황홀함을 느낄까? 꽃들도 온몸으로 애무하고 키스할까? 꽃들도 오르가즘을 느낄까? 꽃들도 흥에 겨워 신음소리를 내지를까?

봄부터 가을까지 피는 야생화. 들판은 온통 관능의 페스티벌이다. 온갖 식물이 자신의 성기를 노출하는 종족 번식 엑스포가 열린다. 인간은 꽃의 페스티벌에 쉽게 동참할 수 없는 존재다. 그저 화장을 짙게 하고 화려한 옷으로 치장해 꽃의 흉내를 낼 뿐이다. 누

가 인간을 꽃이라 했던가? 인간은 꽃의 노골적인 유혹을 흉내조차
낼 수 없는 존재다.

'사람의 젖과 염소의 젖이 무엇이 다를까? 내가 염소의 젖을
만지듯 사람의 젖을 만질 수는 없을까? 사람의 유방과 젖꼭지에
더 많은 부끄러움과 감춤과 숨김과 관능이 있는 것일까? 세상의
여자들이 모두 젖을 당당하게 내놓고 다닐 수는 없을까?'

한때 이런 생각을 한 적이 있었다. 어처구니없을 수도 있겠지
만 그때는 나름 진지한 물음이었다. 남자의 몸과 여자의 몸은 노
출이 비슷해야 하고, 서로 부끄러워하거나 감추려고 하지 말아야
한다고 생각했다. 나는 들판에 넘쳐나는 야생의 관능을 너무나
가까이서 목도하며 자라났다. 그래서일까? 인간과 야생의 생명력
을 서로 비교하는 시야는 어쩌면 당연한 것 아니었을까.

내가 느낀 야성野性은 거칠지만 청초하다. 척박한 환경에서 자
란 꽃일수록 청초하다. 꽃이 청초한 이유는 벌과 나비를 불러 씨
를 만들기 위한 종족 번식 전략이 빚어낸 원초적 관능의 빛깔 때
문이다. 무한한 종족 번식을 위해 꽃은 팜므파탈의 관능미를 맘
껏 뽐내는 존재다. 그래서 거칠지만 청초하다.

인간은 직접적으로 암컷과 수컷이 서로의 성기를 결합하지만
식물은 꿀벌이라는 중매쟁이를 초대해 수정을 한다. 인간의 짝짓
기는 대부분 밤에 소등한 상태에서 이불 속에서 이루어진다. 벌
이나 나비, 개미의 입장에서는 인간의 짝짓기가 도무지 이해할

수 없는 후진적이고 퇴보적인 행위처럼 보일지도 모르겠다.

지금까지 정식 명칭을 얻은 곤충은 약 100만 종이고, 곤충의 전체 종류는 4백만~4천만 종으로 추산된다. 그렇다면 한 사람 주위에 곤충 약 2억 마리가 살고 있다는 계산이 나온다. 시골은 온통 곤충 세상이다. 곤충들은 화학작용에 정통한 화학자들이다. 방어를 위해 화합물을 생산하며 노즐과 분사기, 홈이 난 털을 이용해 그것을 살포하거나 전달한다. 암컷 나방은 성호르몬을 분비하고 수컷은 수 킬로미터 거리에서도 그것을 감지한다. 들판에서는 화학적 반응을 이용한 곤충들의 사랑과 구애와 생존방식이 범람한다.

지구에 줄잡아 1경 마리가 넘는 개미가 산다고 한다. 인간의 개체수로는 따라잡을 수가 없다. 일개미 한 마리의 평균 체중을 대략 1~5밀리그램으로 계산해 보면 전 세계에 분포하는 개미의 무게는 인류 집단 전체의 무게와 맞먹는다. 개미는 아파트 안이나, 사람들이 물밀듯 밀려다니는 뉴욕과 서울 같은 대도시의 보도 위에도 어김없이 살고 있다.

인간은 스스로를 가리켜 만물의 영장이라 일컫는다. 지구상에서 인간만큼 성공한 동물은 거의 없다. 농작물을 기르기 위해 일구어 놓은 크고 작은 농경지, 하늘을 찌를 듯한 고층 건물, 도시와 도시를 연결하는 도로망 등을 건설해 주변 환경을 능동적으로 변화시키며 적응해가는 참으로 놀라운 동물이다. 현대 기계문명 사회의 주인은 인간임에 틀림없다. 그러나 아직도 저 광활한 자연생태계를 지배하는 것은 인간이 아니라 작고 보잘것없는 곤충들일지도 모른다. 여왕개미는 황홀한 결혼비행과 짝짓기비행을 통해 여러 마리 수개미의 정자를 몸속에 받아두고는 그 정자를 사용해 몇 년 간이나 계속 알을 낳는다. 드넓은 들판을 날아다니며 짝짓기비행을 하는 잠자리들은 얼마나 황홀하고 가치 있는 삶을 살고 있는 것인가? 에로티시즘의 입장에서 보면 인간은 가장 볼품없는 종족이 아닐까?

들판, 마당, 담장 밑은 외관상 고요한 정적으로 싸여 있지만, 그 내부에는 미세하고 복잡한 움직임들로 분주하고 뜨겁게 달아오르고 있다. 사마귀가 교미를 하고 있다. 암수사마귀의 열정적이면서도 비극적인 혼례의식이 진행되고 있다. 암사마귀는 절정에 이르는 사랑 행위를 체험하고 그 대가로 수컷사마귀를 대가리부터 야곰야곰 뜯어먹는다. 삶을 위해 죽음의 의식을 치르는 에로티시즘은 끔찍한 것일까? 살기 위해 죽음을 체험하는 것. 완전한 사랑에 이르는 죽음의 제의를 통해 새롭게 생성되는 우주적 순환의 만다라에 동참하는 사마귀의 에로티시즘은 잔인한 것일까? 동식물은 인간의 성정性情을 표현하기 위해 존재하는 피동적이고 단순한 질료는 아닐 것이다. 들판의 에로티시즘과 생명력은 그래서 드라마틱하고 숭고하다. 들판은 자연중심의 인문학이다. 인간중심의 인문학이 아니다.

황량한 가을 들녘에는 들국화 천지다. 들국화는 무더기로 핀다. 수백 송이의 무더기가 수천만 개 군락을 이룬다. 산국, 수국, 감국, 해국, 쑥부쟁이, 구절초, 개미취가 모두 들국화다. 너무 흔해서 국화 없이는 가을이 없다. 황량한 가을에도 생명력이 넘친다. 모든 생명체가 들국화로 형질 변경을 한 듯하다. 국화는 '하찮음'과 '무더기'를 승화시켰다.

겨울 들판으로 청둥오리 떼가 날아와서 버려진 벼이삭과 보리순과 무순과 배춧잎을 먹고, 다시 냇가의 보堡로 날아간다. 수천 마리가 일시에 날아오른다. 울부짖는다. 물어뜯는다. 쥐어짠다. 분출한다. 총궐기다. 배후의 전면 부각이다. 격렬한 춤이다. 무아의 울음이다. 저 안에는 아버지의 영혼도 스며 있다. 아버지의 울음과 춤과 노래도 섞여 있다. 에로티시즘의 폭발이며 페스티벌이다. 광란이다.

꽃이 청초한 이유는 벌과 나비를 불러 씨를 만들기 위한 종족 번식 전략으로, 그렇게 분화돼 온 원초적 관능의 빛깔 때문이다. 야생화의 생존 전략은 무한한 종족 번식 능력에 있다. 꽃은 팜므파탈의 관능미를 맘껏 뽐내는 존재다. 그래서 거칠지만 청초하다.

그물에
걸리지 않는
바람처럼
사유할까

　　　　　　초평 들판의 가을 앞에 선다. 선선한 듯 쌀쌀한 듯 바람의 붓터치에 가만히 몸을 내맡긴다. 수천 년 만에 발굴된 유물의 흙을 털어내듯 바람이 지금의 나를 털어내고 있다. 그저 흔한 토기나 조개무덤이나 깨진 기와조각에 불과한 나의 삶을 발굴한다. 수십 마리의 회갈색 어치가 포르릉 날아간다. 어제 본 비구니들 같다.

　어제, 수십 명의 비구니들이 우리 학교 정문을 느린 걸음으로 가로질렀다. 낙엽이 그들의 하얀 고무신과 운동화에 밟혀 사각거렸다. 학교 근처에는 법륜사가 있다. 오후 4시 즈음이면 절 대문에서 백여 명의 비구니들이 알을 까고 나오는 모래밭의 새끼거북

　　　　　　　　　　거름 중에 제일 좋은 거름은 발걸음이여

이처럼 쏟아져 나왔다. 회색 승복을 걸친 비구니들은 수서역 쪽이나 우리 학교 정문을 지나 대모산으로 흩어진다. 안행雁行이다. 바람 따라 물결 따라 주유周遊를 수행의 근본으로 삼는 승려들.

나는 음험하다. 비구니들 중에 나와 눈길이 마주쳐서 동공에서 번쩍 미세한 빛이라도 감지된다면 다짜고짜 그녀의 빛나는 이마에 키스라도 퍼부으려 작심하고 있었다. 그런데 내 계획은 여지없이 수포로 돌아가고 말았다.

이봐, 여스님들! 눈빛은 마주쳐도 되는 거 아닌가?

> 소리에 놀라지 않는 사자처럼
> 그물에 걸리지 않는 바람처럼
> 진흙에 더럽히지 않는 연꽃처럼
> 무소의 뿔처럼 혼자서 가라

그들의 눈에는 내가 그물처럼 보이는가? 진흙처럼 보이는가? 알 수 없다. 오늘도 오후 5시 즈음이면 수십 명의 비구니들 곁을 스치는 인연을 경험할 수 있을 것이다. 건초 냄새를 풍길 것만 같은 그들의 뒤를 한 번 밟아볼까?

대모산 계곡 끝에 남향으로 자리 잡은 학교에는 바람이 유독 많이 분다. 가끔 난기류가 교문 밖으로 쌩 불어오고 어제는 운동장까지 몰아쳐 먼지 자욱한 회오리가 발생했다. 모든 것은 흐름

속에 있다. 인생도, 바람도, 지구의 자전도, 강물과 공기 등도 흐름을 형성하고 있다. 그리하여 어제는 모자도 벗겨지고, 머리카락도 흩날리고, 옷자락도 펄럭이고, 몸 전체가 기우뚱거리기를 원했다. 발바닥 밑으로 거센 바람이 흘러들어 몸을 공중부양할 듯이 흔들었는데, 그것이 아주 재미있었다. 발밑으로 강한 힘과 흐름이 느껴졌고, 몸이 살짝 미끄러지거나 밀리기도 했다. 발밑에 생긴 역학적 난기류에 흥분했다. 발바닥이 마치 나뭇잎처럼 홀라당 뒤집혀 나풀거리고 싶어 하는 것 같았다. 바람의 장난에 한동안 내 육신을 맡기면서 놀았다. 신발은 몹시 간지러웠을 것이다.

나무들이 미친 듯 흔들렸다. 허공이 구겨지고 휘청거렸다. 산새가 날아올라 흔들리는 나무들의 중심을 잡아주었다. 비구니들은 숲의 시간으로 잠입했다. 바람은 더 세차게 불다가 멈추었고, 다시 저만치 계곡 어느 곳을 세차게 흔들었다. 숲이 접혔다가 펴지는 느낌이었다. 바람의 거친 장난에 비구니들은 깔깔 웃었다.

'꽃 한 송이 풀 한 포기에 깃든 우주의 광대한 존재를 네 생각의 틀로 축소시키지 마라.'

숲에서 들려오는 소리. 비구니들의 웃음소리. 차창룡 시인은 "비구니 스님의 목소리가 여자 물소리여서 참 황홀했다."라고 표현한 바 있다. 비구니들의 웃음소리에 내 귀가 맑아지는 것 같았다. 낙숫물 소리, 솔바람 소리, 사과 깎는 소리, 자동차 문 여는 소리들이 좋아질 것만 같았다.

거름 중에 제일 좋은 거름은 발걸음이여

노자에 '천망회회소이불루天網恢恢疎而不漏'라는 말이 있다. 하늘의 그물(법망)은 크고 넓어 엉성해 보이지만 놓치지 않는다는 뜻이다. 바람소리, 비구니의 웃음소리는 하늘의 출렁이는 그물이었다.

정주성定住性은 인류 역사에 잠시 끼어드는 형태로 존재하는지도 모르겠다. 우리는 떠돌고 싶어 한다. 한곳에 정박하며 살아가는 인생을 따분하게 여기며 더 멀리, 더 깊이 떠나고 싶어 하는지도 모른다. 권력가들의 희한한 발명품인 국가제도가 국민이라는 이름으로 주민등록증과 여권과 비자를 만들고, 면허증이나 신분증으로 개인을 통제하고 관리하려 하지만 사람들은 제도의 구

바람이 일렁이자 보리밭이 출렁인다. 누군가는 벌써 떠났고, 누군가는 떠날 채비를 하고 있다. 인생은 바람과 같다. 바람처럼 청년들이 떠나고, 들고양이가 떠돈다. '바람아, 바람은 알고 있지. 바람만이 알고 있지. 얼마나 고개를 더 쳐들어야 사람은 하늘을 볼 수 있을까.' 밥 딜런의 노래를 흥얼거려본다.

속을 벗어나 떠돌기를 원한다. 하여 프랑스의 석학 자크 아탈리는 "인류의 역사에 노마디즘의 봉인이 찍혀 있다."고 하지 않았던가.

현재 지구에 사는 60억 인구 중 18억 이상이 양치기, 낙타 행렬의 상인, 유랑 농경민, 순례자, 곡예사, 걸인, 이민자, 망명객, 이주노동자, 보트피플, 예술가, 해외지사 근무나 출장, 국제업무 종사 등의 이유로 매일 장거리를 이동하며 살고 있다고 한다. 정보 기술의 발달은 시간과 공간의 제약을 무너뜨렸다. 지구 반대편 사람들과 24시간 실시간으로 메일을 주고받으며, 전화와 채팅을 하고, 물건을 사고팔고, 사랑을 나눈다. 밤낮의 구별이 없는, 인생을 두 배로 살 수 있는 자유가 도래한 것이다.

우리는 여러 이유로 여로형 인생을 살아간다. 로맨스를 위해 길을 떠나고, 문명의 개화를 위해 길을 떠나고, 현실에 대한 환멸과 소외 때문에 길을 떠나고, 고독과 방황을 위해 길을 떠나고, 유랑과 탈주를 위해 길을 떠난다. 여행이 끝나자 또 길이 시작되는 삶을 벗어날 수 없다. 우주는 넓어 시작과 끝을 알 수 없기에 인간의 유한성을 자각한 사람들은 끊임없이 부유하며 부박한 항해를 한다. 분자적 개체가 되어 모든 골목이 탈주선이 되고 모든 발걸음이 탈영토와 비주류의 세계로 나아간다.

박지원의 『열하일기』, 황석영의 「삼포가는 길」, 신경림의 「목계 장터」, 황동규의 「몰운대행」, 이병률의 「바람의 사생활」, 니코스 카잔차키스의 『그리스인 조르바』 등 많은 작품이 떠돌이의 노래

거름 중에 제일 좋은 거름은 발걸음이어

이며, 여로형 문학이다.

하늘은 날더러 구름이 되라 하고
땅은 날더러 바람이 되라 하네.
하늘은 날더러 바람이 되라 하고
산은 날더러 잔돌이 되라 하네.

신경림의 「목계장터」 중에서

주변을 살펴보면 누군가는 벌써 떠났고, 누군가는 떠날 채비를 하고 있다. 인생은 바람과 같다. 바람처럼 떠나고, 들고양이처럼 떠돈다. 미풍이 불고 있다. 바람은 야생의 떠돌이다. 바다를 보라. 다국적 쓰레기들이 두둥실 떠다닌다. '바람아, 바람은 알고 있지. 바람만이 알고 있지. 얼마나 고개를 더 쳐들어야 사람은 하늘을 볼 수 있을까.' 밥 딜런의 노래를 흥얼거려본다. 진천 초평의 넓은 들판으로 바람이 분다.

누구나
고달픈
인생길을
허덕인다

중학교 때 전국체전을 휩쓸어 명성이 자자한 씨름부가 있었다. 덩치와 힘과 기술이 황소였고 영험한 바윗덩어리였으며 중학부 최강자로 군림하고 있었다. 녀석들은 일당백으로 학교의 명예를 빛내 이미 지역의 브랜드였다. 당시 학급 반장이던 나는 씨름부를 위한 위문품과 격려금 모금을 위해 열린 학생회 회의에 참석했다. 학교는 모든 학생에게 똑같이 걷자고 했지만 나는 학생들의 자율에 맡겨야 한다고 주장했다. 며칠 뒤 나는 씨름부 학생들에게 불려가 마대자루로 실컷 맞았다. 멀리서 선생님이 그 광경을 지켜보고 있었다.

고등학교 2학년 때 야간자율학습 중에 옆 반 학생의 부름을 받고 컴컴한 뒷산으로 불려갔다. 청주 시내를 휩쓸고 다니던 불량 써클 파라다이스파 세 녀석이 나와 있었다. 그중 하나가 중학교 때 씨름선수였다. 나는 샌드백처럼 두들겨 맞아 얼굴만 빼고 온 몸에 새까맣게 피멍이 들었다. 놈들은 초죽음이 되어 쓰러진 나를 버려두고 도망쳤다. 나는 깨어났지만 두 달이 넘도록 온몸의 피멍은 사라지지 않았다.

그해 겨울 어느 일요일, 새벽부터 밤까지 축구를 했다. 열두 시 간 넘게 했던 것 같다. 밥도 굶고 미친 듯 공을 찼다. 그날 저녁 집 에 돌아와 앓기 시작했다. 다음날 온몸이 마비되기 시작해 수족 을 움직일 수 없었다. 병원에 가니 급성 류머티스 관절염이라는 진단이 나왔다. 한 달간 매우 비싼 주사치료를 받은 후에야 서서 히 회복이 되었다.

1987년 대학에 입학했을 때는 시국이 몹시 어수선했다. 나는 무장된 의식이나 이념도 없이 길거리 문화에 빠져들었다. 혜화 동, 동대문, 종로, 명동, 신촌 일대에서 구호를 외치고 춤을 추었 다. 종각에서 새벽 2시에 걷기 시작해 미아리까지 가니 날이 훤 히 밝았다. 민주주의를 외치는 최전선에서 멧돼지처럼 걷고, 백 로처럼 춤추고, 들개처럼 뛰었다.

서울로 와서 나는 건방지게도 지식인, 지성인 흉내를 내었다. 너무도 당당하게 헤겔과 『맹자』와 『명심보감』과 칼 마르크스의 『자본론』에 심취했고 지적 허영이 하늘을 찔렀다. 마치 실천하는 지성인이 된 듯 오만방자한 착각에 빠져들었다. 내 몸과 정신은 매일 검문검색을 당하고, 이른 새벽 뒷골목을 배회하고, 함성의 현장에서 '민주주의'라는 이름을 쓰고 다녔다. 폭풍 같은 방황이었다. 불온한 시대가 나에게 지축을 박차고 포효하기를 요구했다. 들판의 함성과 지성의 힘으로 길거리로 뛰쳐나가곤 했다. 신선한 풀냄새를 찾아 수천 킬로미터를 이동하다가 마라강의 격류를 미친듯이 건너는 수십만 누 떼의 대이동처럼. 나는 스스로 불사조였고, 엑소더스였고, 영광의 탈출과 행진의 대열이었다. 사유와 혼란과 도저한 젊음을 무대포로 횡단하라! 죽음 따위 두려워 말라! 매일 새벽 북한산 백운대에 뛰어올라 어진 사람이 오래 살고 있다는 인수봉을 바라보았다. "인수봉아!" 그 외침은 내가 나를 호명하는 것이었다. 서울과 의정부의 경계인 창동과 상계동 주변의 판자촌이 내려다보였다. 그곳에서 나는 일주일에 한두 번 야학에서 고등학생들을 가르치고 있었다.

나의 방랑은 거침없었다. 나는 탕아처럼 행동했다. 버너와 코펠과 얇은 침낭 하나 싸들고 원주에서 제천 의림지까지 걷다가 냇가에서 비박을 했다. 비박을 하는 날이 많아지기 시작하자 역마살이 찾아왔다. 청량리역에서 기차를 탔고, 동서울터미널에서 원주, 진부, 영월, 단양, 정선, 태백행 버스를 탔다. 백선사, 법흥사, 희방사에서 하룻밤 신세를 졌다. 서울로 돌아와서는 다시 최루탄 속으로 뛰어들어 민주주의를 외치며, 책을 읽고, 밤새 토론

했다. 빨간 불온서적과 『숫타니파타』와 『법구경』과 『장자』와 『노자』와 『맹자』와 『명심보감』을 동시에 읽으며 나는 투쟁의 길거리로, 화엄의 산으로, 야생의 들로 마구 떠돌았다.

몸과 마음과 정신이 극도로 혼란스러웠다. 도시가 싫어졌고 이념도, 정치도, 민주주의도 싫어졌다. 한겨울 얇은 침낭 하나만 들고 오대산을 올랐다. 오백년 수령의 전나무 거목들의 찬란한 호위를 받으며 월정사를 지나 적멸보궁 앞에서 참선하고 비로봉과 호령봉을 거칠 생각이었다.

월정사를 지나 두 시간 쯤 올랐을 때 순식간에 산속의 두터운 땅거미가 깔리기 시작했다. 나는 텐트를 쳤다. 눈이 내리기 시작했고 깜깜한 어둠이 덮쳤다. 별도 달도 없었다. 세상은 온통 얼어붙어 물소리도 나지 않았다. 낙엽과 나무 위에 눈 내리는 소리는 마치 무언가를 씹어 삼키는 소리처럼 들렸다. 나는 스스로를 배포가 크고, 두려움도 없고, 절대 고독을 즐기는 심성이라 생각했다. 라면을 끓여 소주 두 병을 마셨지만 추위가 밀려왔다. 버너를 켜고 몸을 녹여보아도 역부족이었다. 손발은 이미 급격히 차가워지고 피가 돌지 않고 있었다. 이러다가 저체온증으로 죽을 것만 같았다. 눈을 헤치고 마른 잎을 잔뜩 주워 텐트 안에 깔았다. 이산에는 상상을 초월하는 엄청난 고독과 허무와 두려움이 존재한다는 사실을 알았다. 선악을 넘어 자기를 초극한 초인이 되어야 했다. 얼어 죽느냐 견디느냐의 갈림길에서 열 시간 넘는 사투를 벌여야 했다. 그렇게 영겁회귀의 눈발이 잦아들었다.

넘쳐흘러라 영혼아. 거대한 천체와 작은 버너 불빛과 소주를 벗삼아 나는 생명을 노래한다. 중얼중얼 내가 아는 모든 노래를 불렀고, 헤겔과 부처와 공자와 맹자의 말씀을 반복해서 중얼거렸다. 불타는 영감이여, 산기슭이여, 짜라투스트라여! 초인이여! 나에게 설교하라. 나는 결코 얼어죽지 않고 내일 당당하게 초인이 되어 산을 오르리라. 지금 이 무서운 고독을 맘껏 즐기자. 나는 스스로를 초극해야 할 강인한 존재일 뿐이다.

온갖 극단적인 사유를 밀어붙이며 두려운 하룻밤을 온전히 견뎠고, 새벽에 저벅저벅 산을 올라 월정사 적멸보궁 앞에서 섰을 땐 하염없이 눈물을 흘렸다. 소주 한 병을 단숨에 들이켰다. 대웅전에 들어가 꺼이꺼이 울면서 피울음을 토했다. 중년의 스님과 사미승이 엉금엉금 나에게 다가와 등을 토닥이며 사연을 물었다. 그러자 갑자기 엄청난 수치심이 몰려와 울음을 뚝 그쳤고 108배를 올리기 시작했다. 갑자기 허기가 몰려왔고, 허기는 아랫배와 명치와 등뼈로 밀려와 뇌수에 섞였다.

다음해 이른 봄, 꽃샘추위를 헤치고 무작정 무전여행을 떠났다. 원주에서부터 무조건 걸었다. 6박 7일 노숙을 했고 발바닥 전체에 물집이 잡혔다. 백련사라는 절에 기어들어가 이틀을 꼼짝 못하고 누워 있었다. 끙끙 앓는 내게 스님이 호박죽을 끓여주었다. 마지막 날 새벽에 108배를 올리고 참선을 한 뒤에 다시 길을 떠났다. 제천

의림지를 지나고 박달재를 건너 충주까지 와서 고향인 진천으로
가는 버스를 탔다.

서울로 돌아온 뒤 대학 게시판을 우연히 보고 전통문화연구회
라는 곳을 찾아갔다. 『논어』, 『맹자』, 『중용』, 『대학』, 『고문진보』
수업을 17개월 동안 거의 매일 들었다. 온종일 한문 글귀를 중얼
거리며 미친 듯 고문의 세계에 빠져들었다. 옛것의 세계를 허덕
이고 고달픈 인생길을 허덕이면서, 옛것의 사상과 미학에 빠져들
면서, 나는 미래를 보지 못하는 사람이 되어가고 있는 듯했다. 가
시밭길이 내 앞에 펼쳐지는 줄도 모르고 나는 과거의 인물과 생
각만 만나고 있었다.

들판에서
새참 먹는
재미를
아느냐

들밥! 새참! 나는 들밥과 새참을 많이 먹었다. 밭고랑에서, 신작로에서, 느티나무 그늘 속에서 국수를 먹었고, 고구마를 먹었고, 보리밥을 먹었다. 막걸리를, 민들레 무침을, 소주를, 비빔밥을, 술빵을 먹었다.

모내기를 하다가, 김을 매다가, 고추를 심다가, 참깨를 베다가, 들깨를 털다가, 벼 타작을 하다가 들밥을 먹었다. 심지어 아침도 밭에서 철푸덕 주저앉아 먹었다. 온몸에 이슬이 묻어 옷을 쥐어짜면 주르륵 흠뻑 물기가 흐르는 새벽에도 들녘에서 아침을 먹었다. 옆에서 풀을 뜯던 염소가 다가와 젓가락을 핥으면 염소에게 밥과 가지무침을 나눠주었다. 염소는 주는 대로 다 받아먹었다.

거름 중에 제일 좋은 거름은 발걸음이여

4월과 5월이면 새벽 5시에 온 식구가 기상했다. 아버지와 엄마는 매몰차게 휙 이불을 걷었다. 굼벵이처럼 꾸물거리던 형과 나와 여동생은 마지못해 일어나야 했다. 샛별이 총총한 5시 30분에 집을 나섰다. 형과 나는 어깨에 책가방을 메고 학교 쪽에 있는 밭으로 향했다. 초등학교 근처에 있다고 '핵교밭'이라 부르는 밭이었다. 아버지가 쟁기를 진 채 소를 끌고 앞장섰다. 엄마는 밥과 반찬이 담긴 광주리를 머리에 이고, 형과 나는 책가방과 호미와 삽을 든 채 열 마리가 넘는 염소를 몰고 뒤를 따랐다. 멀리서 보면 새벽에 야반도주라도 하는 가족처럼 보였을 것이다.

이른 새벽부터 소는 밭을 갈아 두둑을 만들었다. 엄마는 구멍을 팠고 형과 나는 물지게를 지고 둠벙의 물을 퍼다가 물뿌리개로 물을 주었다. 둠벙 주위에는 노란 수선화가 가득 피어 있었다. 오이 모종, 호박 모종, 땅콩 모종, 고추 모종을 심었다. 해가 찬란하게 떠오르면 느티나무 밑에서 아침 들밥을 먹었다. 쌀보리밥에 고추장과 고들빼기무침, 참기름을 넣고 비빈 아침밥이었다. 옷은 이슬에 젖고 물기어린 흙이 잔뜩 묻어서 엉망이었지만 시골 아이들의 옷차림과 청결상태란 오십보백보였다. 아침을 먹은 뒤 둠벙에서 대충 세수하고, 손발을 씻은 뒤 가방을 메고 등교했다.

"학교 다녀오겠습니다."

"그래. 고생했어. 선생님 말씀 잘 들어라. 참, 토끼풀 뜯어가니?"

아버지와 엄마는 고생했다는 말과 선생님 말씀 잘 들으라는 말은 반드시 하셨다. 학교에서는 토끼를 백 마리도 넘게 길렀는데 학급별로 돌아가며 등굣길에 토끼풀을 뜯어가야 했다. 우리가 학교로 가고 나면 아버지와 엄마는 하루 종일 고추를 심고, 말뚝을 박았고, 밭을 맸다. 그렇게 봄 들판은 새벽 들밥으로 기억에 남았다. 꽃향기 진동하는 들판에서 먹은 아침 들밥.

가을이 왔다. 가을 들판은 풍성했다.

가을 들밥! 새참!

수수밥, 기장밥, 콩밥을 주먹밥으로 만들었다. 무, 고추, 가지, 당근은 즉석에서 뽑아 먹었다. 한 달 정도는 들판에서 수확하느라고 바빴다. 콩을 타작하고, 깨를 털고, 볏단을 쌓고, 고구마를 캐고, 고추를 땄다. 가을 들판은 노동이면서 동시에 수행修行이었다. 추수가 끝나가고 휑하니 비어가는 들판에 서 있는 것 자체가 명상이었다. 들판의 쓸쓸함을 느낄 때는 이미 깊은 참선에 가까웠다. 쓸쓸함 끝에 묻어나는 숱한 빛, 미풍, 바스락거리는 소리, 냄새를 느낄 수 있다면 이미 수행자였다. 쓸쓸함의 끝을 끊임없이 헤집고 다닌다면 그것은 이미 수행修行이나 다름없기 때문이다.

들판을 쏘다니다 보면 수없이 찍혀 있는 아버지의 발자국을 보게 되었다. 장화 발자국도 있고, 맨발로 찍힌 발자국도 있었다. 우리 논에 찍힌 무수한 발자국은 대부분 아버지의 발자국이었다. 벼를 베던 발자국이었고, 피사리를 하던 발자국이었고, 우렁이와 미꾸라지와 참게를 잡던 아버지의 발자국이었다. 아버지의 발자국에 얼음이 얼면, 나는 그 얼음 조각을 한입 가득 베어 물거나 아버지의 발자국에 내 발자국을 포개어 보기도 했다. 봄이 되면 그 발자국 안에서 자운영꽃과 하늘지기가 피어나고, 물이 고이면 거머리가 기어나오기도 했다. 자운영 꽃밭을 보면서 소주 한 병 꺼내 마시면 아주 특별했다.

사람만이 새참을 먹는 것은 아니었다. 염소와 소들도 먹었다. 늦가을에는 들판도, 나무들도, 산자락도 여름 내내 격렬했던 자신의 자리를 격렬하게 지웠다. 가득 찼던 들판은 텅 비었다. 그런데 가을의 논밭에도 파릇한 새싹이 소복하게 돋았다. 만산홍엽滿山紅葉의 오색찬란함을 다 떨군 자리에 새싹이 돋았다. 벼를 베어낸 그루터기 아래에도 솜털 같은 여린 싹이 손뼘만큼 다복이 돋아났다. 논두렁, 밭두렁, 양지바른 곳마다 가을새싹이 푸르게 돋았다. 멀리 염소와 소 떼가 논두렁을 따라가며 그놈의 가을새싹을 뜯어먹느라 정신이 없었다. 혹시나 추수 끝에 흘린 콩줄기와 벼이삭을 발견한다면 횡재였다.

초겨울에는 쇠스랑과 삽으로 마와 도라지를 캤다. 된서리와 첫눈이 내릴 때면 아버지는 까맣고 푸르스름한 서리태를 마지막으로 수확했다. 여름 내 검게 그을린 아버지의 근육을 나는 이 세상에서 제일 사랑했다. 서리태를 수확할 때 아버지의 까만 근육에 하얀 눈이 내리면 흑백의 조화가 절묘해 경이로운 느낌이었다. 아버지의 근육은 땀방울에 젖어 있을 때가 많았다.

소주와 엄마가 싸주신 볶은 콩을 꺼내본다. 굵은 소금과 참기름을 묻힌 볶은 콩. 소주 한 잔에 볶은 콩을 씹는다. 서리태 생콩도 주워서 씹어본다. 이보다 더 좋은 안주가 어디 있으랴. 몇 송이 눈발이 휘날리는 들판에서 서리태 수확을 하다가 먹는 새참. 들판은 아버지의 직장이며 신앙지다. 들판을 섬기고 껴안는 아버지의 신앙. 그 들판에서 먹는 새참. 고소하고 달큰하며 재미있다. 일종의 수행이다.

우리 식구는 들밥과 새참을 많이 먹었다. 밭고랑에서, 신작로에서, 느티나무 그늘 속에서 국수를 먹었고, 고구마를 먹었고, 보리밥을 먹었다. 막걸리를, 민들레 무침을, 소주를, 비빔밥을, 그리고 술빵을 먹었다.

거름 중에 제일 좋은 거름은 발걸음이여

빗소리가
읽어주는
반야심경을
듣는다

비가 오면 어머니의 고무장화가 생각
난다. 하루 종일 논밭에서 뒹굴어 통통 부은 종아리와 발가락이
고무장화의 탄성과 꽉 맞물려 제대로 벗을 수가 없었다. 내가 벗
겨드리려고 애써보아도 쉽지 않았다. 까뒤집어서 마치 허물을 벗
기듯 힘겹게 벗겨야 했다. 그러다가 엄마도 나도 훌러덩 뒤로 자
빠지면, 쭈글쭈글 불어터진 어머니의 발등과 발가락이 하얗게 드
러났다.

여름비 오는 날은 정신없이 바쁘다. 아버지와 엄마는 비가 오
면 당장 곡식 곁으로 갔다. 파닥이는 빗물을 온몸으로 받아내며
장화를 신고 저벅저벅 논두렁을 걸으셨다. 부모님은 빗방울에게

자신의 리듬을 맡기고 빗방울이 온 세상에 스며드는 속도를 살폈다. 빗방울이 돔부꽃, 옥수수수염, 메꽃잎에 떨어지는 몸짓을 즐겼다. 논바닥 수면 가득 비꽃이 피어나 들판은 비꽃으로 무간無間이다. 고추밭이나 참깨밭은 삽으로 고랑의 물길을 잡아주어야 한다. 물길이 막히면 농작물의 뿌리가 녹아서 곯기 때문이다. 비가 오면 들쥐 구멍, 두더지 구멍, 드렁허리 구멍으로 물이 샌다. 들짐승이 파놓은 구멍은 막고, 막힌 곳은 뚫어야 한다. 일을 하다가 빗물 섞인 막걸리를 몇 잔 마신다. 술은 비와 같고 비는 술과 같아 하늘에서 땅으로 주천酒川이 흐른다. 부모님은 하루 종일 들판에 있을 것이다. 농부는 비 오는 날에 농치거나 한가할 수가 없다. 더 바쁜 날이다.

비는 들판을 뒤흔들어놓는다. 비는 조용히 내리지만 들판의 생명들은 맹렬하게 반응한다. 빗방울은 하나하나가 요동치는 물고기며, 철벅이는 몽상이며, 구름의 환희며, 술 취한 건달이며, 호기심 많은 요정이며, 달콤한 도주다.

내가 사는 도시에서 빗소리를 가장 저릿하게 들을 수 있는 곳은 어디일까? 맞은편 상가 3층 뉴욕미용실의 까만 창문 안에서 예리한 가위들이 생리 중인 여대생의 생머리를 사각사각 깎고 있는 소리가 들리는 것만 같다. 배란일처럼 비가 내린다. 빗방울은 구름의 음모 냄새를 풍기기도 한다. 지금 어디서 누군가 울고 있다. 새뱅이의 파닥임처럼 비가 내린다. 귀뚜라미 목젖의 떨림처

거름 중에 제일 좋은 거름은 발걸음이여

럼 비가 내린다. 마가복음과 전도서 구절처럼 비는 내린다. 반야심경 구절처럼 비는 내린다. 달리다굼, 호산나, 에바다, 엘리 엘리 라마 사박다니! 아제아제바라아제 바라승아제모지사바하. 빗방울이 경전을 읽는다.

나는 서울 강남의 고등학교 교사다. 27년째 교직에 몸담고 있다. 학교에 비가 내리면 나는 시골을 생각한다. 비에 젖을 아버지와 엄마와 논과 밭과 외양간을 생각한다. 학생들이 하교한 뒤 텅 빈 교실로 간다. 교실은 외양간을 닮았다. 어둠이 짙게 깔린 복도는 길다. 복도의 창문마다 빗소리가 스멀거리고 있다. 텅 빈 교실에서 홍탁의 비린내가 나는 듯도 하다. 학생들의 사물함에서 배어 나오는 실내화와 체육복의 냄새. 땀과 분비물이 묻어 있는 체육복 냄새.

"비가 내리면 차를 몰고 고속도로 휴게소에 가고 싶어요. 그곳에서 주룩주룩 마유주처럼 질척거리며 짝퉁 뽕짝 노래를 듣고 싶어요."

우리 반 학생 중 하나가 그런 말을 했다. 그리고 윤태규의 〈마이웨이〉를 흥얼거렸다. '아주 멀리 왔다고 생각했는데 돌아볼 곳 없네. 누구나 한 번 쯤은 넘어질 수 있어.'

노래를 흥얼거리던 녀석은 눈물을 찔끔 흘렸다. 교통사고로 부모를 잃은 녀석이었다. 그 녀석에게서 푹 삭은 홍어 냄새가 났다.

빗소리에는 온갖 소리와 함께 침묵이 스며 있다. 빗소리에는 들을 수 없는 소리가 들어 있다. 잔디 뿌리가 뻗어가는 소리, 미꾸라지가 도랑을 치고 오르는 소리, 나무 수액이 차오르는 소리, 구름이 흘러가는 소리, 싹이 움트는 소리, 땅속 지렁이 소리, 막걸리를 마시며 두부를 씹는 소리, 거미줄에 날벌레가 걸리는 소리가 숨어있다.

장마철에는 들깨를 심는다. 7월 중순 무렵이다. 감자와 마늘을 캐낸 밭에 들깨를 심는다. 들깨는 비를 맞으며 심는 것이 가장 좋다고 부모님은 말씀하셨다. 7월 초 비 오는 날 우비를 입고 밭에서 호미질하는 농부가 있다면 그는 필경 들깨모를 심고 있는 것이리라. 거센 빗방울이 아버지의 굽은 허리 위를 두들긴다. 멀리서 보면 그 느낌이 곧 예술이다. '열 번 물주는 것보다 한 번 흠뻑 내리는 비가 낫다.'는 말처럼 비를 흠뻑 맞은 들깨모는 금방 쑥쑥 키가 자랄 것이다. 비는 질소, 칼슘, 마그네슘을 다량으로 함유한 영양제다. 비를 맞으면 작물이 몰라보게 부쩍 커버린다.

어느 비 오는 날, 골목에서 멀뚱멀뚱 대문 안을 들여다보았다. 아버지는 다쳐서 병원에 입원 중이시고, 엄마도 병원에서 아버지를 간호하고 계셨다. 시골에 있는 소, 닭, 개 먹이가 걱정돼 나에게 부탁하신 것이었다. 기척도 없는 빈집 지붕에 쏟아지는 빗줄기는 일렬로 우루루 처마로 몰려 댓돌의 신발 위로 가득 넘치고 있었다. 댓돌 신발이 넘치도록 주룩주룩 세로로 된 장문의 편지를 쓰고 있었다. 외양간의 소들이 배가 고픈지 나를 보고 안절부절못했다. 개들

거름 중에 제일 좋은 거름은 발걸음이여

도 마찬가지였는지 꼬리를 흔들며 반겼다. 대문 안으로 들어서는 나를 보자 수탉이 벼슬을 세우고 한바탕 길게 울었다. 한 달에 한두 번 보는 얼굴이지만 나를 알아보고 반기는 것이었다. 나는 마당에 쏟아지는 비를 맞으며 소에게 여물을, 개에게 개밥을, 닭에게 모이를 주었다. 우산도 없이 비를 쫄딱 맞으며 가축들의 식사를 챙기면서 그제야 부모의 마음을 조금은 이해할 것 같았다.

그리고 나 혼자서 저녁을 지어 마루에 개다리소반을 놓고 외로운 혼밥을 먹었다. 비는 주룩주룩 내리고……. 길고 지루한 장마였다.

기척도 없는 빈집의 지붕에 쏟아진 비는 일렬로 우루루 처마로 몰려 댓돌의 신발에 가득 넘치고 있었다. 나 혼자 저녁을 지어 마루에 개다리소반을 놓고 외로운 혼밥을 먹었다. 비는 주룩주룩 내리고!

시간과
고독과
인생이
함께 걷는다

새벽 4시만 되면 부엌으로 드는 엄마의 발소리, 마당으로 드는 아버지의 발소리를 듣는다. 개가 깨어나 종종걸음으로 꼬리치는 소리, 외양간의 소와 염소들도 깨어나 발 구르는 소리가 들린다. 가축이나 사람의 발걸음에는 어떠한 징표가 있다. 살아 있다는 가장 강력한 징표는 두 발이나 네 발로 딛고 걷는 것이다.

밭으로 갈 때면 소가 맨 앞장, 다음이 아버지, 그 다음이 나였다. 엄마는 뒤쪽이었다. 소는 풀을 뜯으며 느리게 걸었고, 비가 올 때면 뛰었다. 송아지가 부르면 엄마소도 뛰었다. 소가 뛰면 손에 쥔 고삐를 놓아야 했다.

거름 중에 제일 좋은 거름은 발걸음이여

염소도 걸음이 느렸다. 풀을 뜯으며 가는 발걸음이었다. 날이 어두워지고 땅거미가 깔리면 염소는 뛰었다. 귀소본능이 발달한 것이다. 어두워지면 맹금류가 출현한다는 것을 본능적으로 아는 듯했다. 염소는 마구 뛰어도 집으로 달려가기에 고삐만 놔주면 되었다.

엄마는 머리에 똬리를 얹고 십여 명 장정의 새참이나 점심을 이고 구불구불 신작로를 걸으셨다. 아버지는 강철 같은 지게꾼이었다. 소꼴이나 곡식을 지게 가득 짊어지고 좁은 들길을 성큼성큼 걸어오셨다.

초등학교 고학년 때 나는 1500미터 달리기 선수였다. 5학년 때는 하루에 2만 미터를 뛰어야 했다. 선생님은 자전거를 타고 내 뒤를 따라왔다. 나는 뛰는 것이 좋았고 자신도 있었다. 뛰다가 폴짝폴짝 도약跳躍하고 싶었다. 캥거루처럼, 개구리처럼, 바퀴벌레처럼 탄력을 발휘하고 싶었다. 발걸음은 자주 엉뚱한 꿈을 꾼다는 것을 그때 느꼈다. 허파는 숨가쁘게 팔딱거리는데 두 다리는 쓰러질 지경까지 달리고 싶어 했다. 발은 피로와 탈진을 지나 더 멀리 뛰어가고 싶어 안달이 났다. 발은 근육에 쌓인 젖산과 여러 활력의 징후를 소진하고 싶어서 안달이 난 것 같았다. 나는 발을 가진 동시에 발이 되고 싶었다. 뜀뛰기는 심술을 부리며 영혼의 탈출구 노릇을 하려 했던 것 같다. 산다는 것은 발끝에 달렸다. 걷고, 뛰고, 발이 닳아 문드러져야 세상이 보인다. 걸을 수 있다는 것은 위대한 것이다. 지금의 한 발자국은 스스로 살아 움직이는 소중한 흔적이다.

시골 촌놈이어서 그런지 도시 생활을 하면서도 매일 새벽 4시면 눈이 뜨인다. 기상은 방바닥에 발을 딛고 기립하는 일이다. 방바닥은 차다. 맨발은 몸을 데리고 거실로 나간다. '한 걸음 한 걸음이 바로 삶이다.'라는 틱낫한 스님의 말씀을 떠올린다. 발걸음 앞에는 어떠한 수식어를 붙여도 대부분 허용된다. 가벼운 발걸음, 바쁜 발걸음, 떨리는 발걸음, 청순한 발걸음, 지친 발걸음, 쓸쓸한 발걸음, 미소 짓는 발걸음…. 발걸음은 포용성과 상징성이 강한 단어다.

오늘 나는 어떤 발걸음으로 이 삶을 딛으며 살아가야 하나. 강아지 걸음으로? 사자 걸음으로? 땅에서 발로 전달되는 '위쪽으로의 접촉감'과 몸이 땅으로 누르고 있는 '아래쪽으로의 접촉감'이 맞닿는 몸의 어느 지점은 찌릿하다. 명치, 발뒤꿈치, 발가락, 허벅지. 무게중심은 어디에 놓여야 할까.

내 몸을 이끌고 어디론가 떠나고 싶어 하는 발. 발걸음은 해골의 번뇌, 피 흘리는 인간, 녹아내리는 육신, 뻔뻔스러운 심장, 덜커덕거리는 뼈를 이끌고 어디론가 순례를 가고 싶어 했다.

나는 개, 염소, 소와 더불어 등하교를 했다. 내가 마구 달리면 개와 염소와 소들도 마구 달렸다. 달리기는 이유가 없다. 오로지 다리의 힘으로 땅과 접촉하며 앞으로 전진하는 게 전부다.

거름 중에 제일 좋은 거름은 발걸음이여

젊어서 노동에 혹사당한 몸은 무릎 관절과 허리부터 고장이 난다. 걸음걸이가 불편해진다. 걷지 못하는 사람은 죽음에 더 빨리 접근한다. 멀쩡한 걸음걸이는 아직 살만하다는 것이다. 삶의 기나긴 여정, 험난한 인생 행로를 두 발로 거뜬히 헤쳐 나갈 수 있다는 뜻이다. 다리가 불편해져 걷지 못한다는 것은 인생 여정이 거의 끝나간다는 뜻이다.

"아이고, 다리야. 더 이상 못 걷겠어."

걸음이 불편한 사람이 제일 불쌍하다. 인생의 끝이 보이기 때문이다. 무중력이 아닌 이상 우리는 땅에 발을 딛고 걷고 뛰면서 살아가야 한다. 안짱안짱 겨우 걸음을 옮겨 마을회관까지 간신히 육신을 옮기는 엄마. 뒷모습이 너무 애잔해서 바라보면 아들의 마음은 눈물이 난다.

걷기는 맹목적인 자유다. 내 혈액을 휘감는 맹목적인 자유의 피돌기, 혁명과 순례와 방랑의 걷기, 나그네의 고독을 느끼며 걷기. 걷기는 자기표현의 매체다. 사색이 넘치는 걷기, 느리게 걷기, 삶을 긍정하며 걷기. 발바닥이 부르틀 때까지 걷고 싶다. 자정 무렵 물집이 잡힌 발가락들을 차가운 달빛에 보여주리라. 쉬지 않고 천궁을 밤새 걸어가는 달빛이 내 부르튼 맨발을 잠시 만져줄까. 걸으면서 침묵을 횡단해볼까. 다비드 르 브르통은 "걷는 사람은 시간을 제 것으로 장악하므로 시간에게 사로잡히지 않는다." 고 했다. 그럴싸한 말이다. 자기의 시간으로 걷는 것이다. 역사와 자연의 내음이 옷깃과 숨결에 고스란히 담겨질 시간.

아버지와 둘이서 천천히 들길을 걷는다. 구지뽕 열매를 따러 간다. 밭둑의 고구마를 캐러 간다. 들고양이가 튀어나온다. 족제비도 후다닥 달아난다. 아버지는 유달리 걷기를 좋아하신다. 미역취꽃, 구절초꽃, 쑥부쟁이꽃이 피었다. 시월 오후의 햇살이 뜨겁다. 구지뽕은 새빨갛게 익었다. 가지마다 가시가 소복하다. 가시를 피해 구지뽕을 딴다. 하얀 진액이 줄줄줄 흐른다.

몇 년 후 가을에도 아버지와 함께 들길을 걸어서 구지뽕을 딸 수 있을까? 막걸리 한 병 들고서 마냥 이 들길을 함께 걸을 수 있을까? 걸음이 싱싱하고 경쾌하실까?

거름 중에 제일 좋은 거름은 발걸음이여

십리 길이
천리 길을
건너간다

　　　　　　　몸은 세계의 움직임이다. 똥덩어리 육
신을 끌고 어디로 갈까. 들판으로 들어가자.

　내가 태어나고 자란 진천 들판은 니체가 말한 '강철 같은 명랑
성'이 폭발하는 곳이다. 오십이 넘은 이 나이에 들판을 어슬렁거
리는 것은 주책인가.

　분당에서 진천 초평까지는 고작 97킬로미터, 차를 끌고 90분
이면 닿는 길이다. 너무나 익숙하지만 예기치 않은 생의 우발적
사잇길이 많은 곳. 90분이면 갈 수 있는 길을 900분 넘게 걸린
적도 있다.

　수천 갈래가 또 수천 갈래를 낳는 길이 되기도 한다. 길은 구름

이나 바람이나 물고기나 모래톱의 다른 성분으로 변해 땅속으로 스미거나 하늘로 솟구치거나 느닷없는 방향으로 뻗어간다. 그러니까 초평평야에서만도 길은 수천 갈래로 뿌리식물처럼 뻗어간다. 하늘에서 내려오는 길도 있다. 충주를 지나 제천을 넘고 문경 새재와 조령을 지나 경상도와 강원도로 가는 길도 있다. 후다닥, 샛길로 접어든다. 칠현산 칠장사로 가는 길. 산적의 틈에서 은밀하게 내려와 저 혼자 내려가는 길목이다. 보탑사로 향하는 길을 따라가다 보면 계곡 사이로 막다르게 숨어드는 길도 있다. 나는 수많은 갈랫길 앞에서 길을 잃었다. 분명 매우 낯익은 길인데도 가장 낯선 길이 되었다. 나는 한 치 앞도 못 보는 길치, 길맹, 길봉사였다. 여기는 어디냐? 저기는 또 어디냐? 내가 서 있는 곳은 길 밖이냐, 길 안이냐? 길 위에서 길을 잃다니 나는 얼마나 더 헤매야 하나? 낯선 마을로 난 길, 들고양이와 무서운 개들이 컹컹 짖었다. 후다닥 도망쳐 나온 길은 무덤 사이로 뻗었고, 뭔가에 홀린 듯 고개를 넘으니 마치 초승달을 닮은 소두머니의 드넓은 모래톱이 나타났다. 맨발로 모래밭을 걸으면 모래들은 간질간질, 전문가처럼 에로티시즘의 안마와 애무를 했다. 시뻘건 노을이 모래밭을 격렬하게 핥았다.

모래사장 위에 텐트를 치고 나무토막을 주워 와서 모닥불을 지핀다. 고기를 굽고 소주 두 병을 들이붓는다. 혼자서 떠오르는 노래를 부르고 울며 뒹군다. 용두질을 한다. 거칠게 방사를 한 뒤

명치의 맑고 차가운 느낌과 아랫배에 감도는 텅 빈 듯 묘한 허무감이 좋아서 그짓을 했다. 한 시간이면 닿을 거리는 억겁으로 연결되었다.

진천의 이월평야와 미호천의 초평평야는 생거진천의 미곡 산지였다. 초평평야에 들어서면 북, 동, 남으로 겹겹 포개지며 음성과 괴산과 청주를 가로지르는 소백산맥의 두타산, 조령산, 군자산, 백하산, 희양산, 대야산, 조항산, 청화산, 백악산, 백마산, 보광산, 칠보산, 좌구산, 화양동계곡이 모두 시야에 들어왔다. 수십 개의 높은 산봉우리를 모두 볼 수 있는 분수령 지형이었다. 북, 서로는 진천과 안성을 가로지르는 금북정맥의 칠현산, 서운산, 덕성산, 성거산, 무제산, 만뢰산이 길게 이어졌다. 남쪽에서 북쪽으로 오르는 산맥도 있구나! 넓어라, 능선의 너울이여. 사방팔방의 산에서 쏟아져 들어와 초평평야로 흐르는 물줄기가 어떤 혹서나 가뭄에도 마르지 않는다. 그래서 생거진천이라 했던가.

진천鎭川은 물길을 다스리는 고장이라는 뜻이다. 물길 옆에서 나는 마음을 성찰한다. 물길에는 니체가 말한 강철 같은 명랑성이 있다. 초극의 세계와 야생의 생명성이 넘쳐흐른다. 흰뺨검둥오리, 논병아리, 딱새, 참새, 까치, 고라니를 만나기도 쉽다. 백곡천, 미호천을 따라 걷다보면 날짐승과 길짐승 수백 마리를 마주치는 일이 다반사다. 오리들이 헤엄치는 곳에는 백로의 무리가 있다. 백곡저수지와 초평저수지가 산자락을 끼고 있다. 산자락의 미물을 어루만지며 뒤척이는 존재계. 돌을 던지면 수면에 동그란 과녁이 생기고 돌은 과녁의 정곡에 깊이 박힌다. 물줄기는 저수지를 돌아 흐른다. 개천을 따라 걷는 일은 명랑성, 역동성, 상쾌함, 순결성, 맑은 고독을 맘껏 느끼는 일이다.

해가 떠오른다. 모래사장에서의 아침은 반짝임에 둘러싸이는 것이다. 들판은 제 그릇의 천만 배에 달하는 역동성과 개방성을 펼쳐 보인다. 지평선까지 확 트인 시선. 마음 놓고 통쾌하게 소리치며 웃고 싶어진다. 웃음이 터진다. 혁명처럼, 물꼬처럼 터진 웃음은 웃음물살의 격류를 만들며 유쾌한 반란을 꿈꾼다. 광폭하게 미친 듯 웃어댈 수 있는 길.

길 위에서 나는 감정 과잉에 빠져든다. 역동적인 명랑성도 필경 감정 과잉일 것이다. 감정의 고양일 것이다. 내 자신이 웃겨서 팔딱 뛰겠다. 나를 비웃으며 진짜로 팔딱팔딱 뛰어본다.

초평평야는 드넓었다. 들길을 걷노라면 허기가 졌고, 집에 가면 소젖이나 개젖이라도 빨아먹고 싶을 정도였다. 이는 나의 자발적인 유랑이며 운수행각의 길이다. 내겐 몹쓸 자기애自己愛와 병적인 에고이즘이 있구나. 제기랄, 그냥 걷는 게 좋다고 하면 안 되나. 분당에서 진천 초평 가는 길. 97킬로미터 거리 90분이면 가는 길인데 수천 갈래, 수만 리로부터 건너온 목숨의 길과 생사의 길이 있고 내가 세상 밖으로 떠나온 길이 있다. 천 년이 가도 닿을 수 없는 길이 있다.

거름 중에 제일 좋은 거름은 발걸음이여

사람들의 발자취가 덜한 곳으로 간다. 인생은 존재만으로는 아무런 의미가 없다. 모든 길은 세상 어디론가 통하는 법. 송장 같은 나를 짊어지고 나는 간다. 언젠가 내 몸은 송장이 될 것이니 송장 짐꾼이 되어 떠난다. 수백 번 지났던 익숙한 길을 미지의 길인 양 가고 있다. 차를 타고 무수히 갔던 길을 걸어서 천천히 가고 있을 뿐이다. 들판에서 들판으로, 냇둑길과 신작로를 따라 영혼의 본적지, 내 발길의 본향을 향하여 걷는다.

마가복음을 보면 성령이 예수를 광야로 몰아내었다. 예수는 광야에서 40일을 들짐승들과 함께 있으면서 시험받았다. 아득한 시간의 경계를 넘어서는 곳이 광야다. 아득한 공간의 경계를 넘어서는 곳이 광야다. 광야에서 울부짖고 외치는 사람의 기록이 곳곳에 나온다. 광야에서 들려오는 소리. 하늘과 물과 바람소리여, 광야의 예수여! 가도 가도 끝이 없을 초장의 길 위에 섰다.

풀을 뜯는 짐승들의 울음소리가 들린다. 암내난 암컷과 발정난 수컷이 운다. 이집 저집 소들이 침을 뚝뚝 흘리며 영각을 켠다. 소똥냄새가 진동하는 길을 지나고 있다. 이런 길을 예언자 짜라투스트라도 떠났을 것이다. 낙타와 사자와 아이가 무수히 살고 있는 길. 들판은 결코 나약하지 않은 호탕한 서정성을 지니고 있다. 꿈틀거리는 산맥의 핏줄이 들판으로 흐른다.

멀리 마을 입구에 칠백 년 느티나무 괴목이 보인다. 박동소리 우렁찬 괴목이 들판 한 구석에 위풍당당 서 있다. 부처는 출가해서 이 나무 저 나무, 나무 그늘을 돌아다니며 수행했다. 저 나무 아래 누가 구도의 참선을 하는가. 무용지용의 노자와 장자께서 설법을 할 것인가.

이 길을 통해 도착한 진천군 초평면 용산리 용대마을에는 원시시대 고인돌로 추정되는 삼형제바위가 있다. 나는 바위에 누워 오십 리 밖에서 불어오는 들판의 바람소리를 듣곤 했다. 시골집이 가까워진다. 먼 길을 돌아 익숙한 길로 접어든다. 이백리 길을 이천 리 길처럼 왔다.

들길을 걷노라면 허기가 졌고, 집에 가면 소젖이나 개젖이라도 빨아먹고 싶었다. 나의 자발적인 유랑이며 운수행각의 길이다. 수백 번 지났던 익숙한 길을 미지의 길인 양 가고 있다. 언젠가는 송장이 될 내 육신이 하염없이 걷는다.

거름 중에 제일 좋은 거름은 발걸음이여

일어나라
달리다굼,
일어나라

들길을 걷다 보리밭에서 무릎을 꿇는다. 냇가의 모래사장에서 무릎을 꿇는다. 형제바위에서 무릎을 꿇는다. 고달픈 인생길 홀로 걸어가다 지치고 곤하여, 들판을 걷다 무릎을 꿇는다. 땅은 얼어 있다. 무르팍이 돌덩이 위에 얹히는 느낌이다.

들판을 쏘다니다 보면 이것도 방랑일까 싶다. 이것도 헤매임일까 싶다. 이것도 방황, 어슬렁거림, 떠돎, 순례의 길일까 싶다. 들판을 돌아다니다 보면 하늘, 땅, 흙, 새싹, 바람의 근원은 무엇일까 궁금해진다. 설문대할망과 마고할미가 떠오르고, 프로메테우스와 판도라의 상자가 떠오른다. 반고신화와 성경의 창세기가 떠오른다.

대학교 때 읽었던 그리스신화가 어렴풋 떠오른다. 올림포스 12 신 중 최고의 신 제우스가 하늘을 무대로 바람과 구름을 불러 천둥과 번개를 치면서 핏빛 비를 퍼붓는가 하면, 무지개를 펼쳐 정실부인 헤라를 따돌리고 다른 여신들과 바람을 피우는 이야기! 천지창조의 주신 중 막내인 '사랑Eros'은 솟구치는 욕망을 어떻게 할 수 없어 '혼돈Chaos'의 심연 속에서 '대지Gaia'의 신과 결합하여 하늘과 산, 바다를 낳고, 수많은 후손을 태어나게 했다는!

신화는 세상을 한껏 뜻대로 살고 싶어 하던 인간들의 꿈이 담긴 것이다. 신화는 삶과 죽음, 사랑과 증오, 희로애락의 양상을 원형적이고 원초적으로 보여준다. 신화는 진정 우리의 삶 전체를 묵시적으로 깨닫게 한다. 들판은 신화의 속성을 지니고 있다.

들판은 대지의 신이 살고 있는 곳이다. 들판에 들어서면 창조주의 숨결을 감각으로 느낄 수 있다. 들판에는 에로스, 카오스, 가이아의 생명력이 흘러넘친다. 식물의 씨앗은 차고 넘친다. 곤충들도 넘쳐난다. 농사를 짓기 위해 살충제나 제초제를 뿌려대도 멸종하지 않고 강인한 생명력을 과시하면서 끊임없이 진화를 거듭한다. 풀과 야생화는 더욱 강건하고 놀라운 생명력으로 왕성하게 번식한다. 도대체 생명의 창조주는 누구인가?

도대체 나는 누구인가? 그리고 겨울 들판을 맴도는 차가운 기운은 무엇인가? 덜푸덕 언 땅에 주저앉는다. 들판에서 기도한다는 것은 쑥스럽고, 불편하고, 용기가 필요해 보인다. 교회나 사찰처럼 공식적인 예배당이 아니기 때문이다.

예수는 시간이 날 때마다 감람산에서 무릎을 꿇고 땀이 땅에 떨어지는 핏방울 같이 되도록 기도하셨다.(누가복음 22장 39절) 예수는 제자들을 섬기려 무릎을 꿇고 제자들의 발을 씻어 주었다. 겟세마네 동산에서 기도하실 때에도 무릎을 꿇었다. 무릎을 꿇는 자세는 자신을 낮추는 자세다.

들판이라는 예배당에는 가난한 사람들, 노동으로 지친 사람들이 많다. 들판은 풍광이 아름다운 낙원 같지만 고통과 시련과 고난이 가득한 예배당이기도 하다.

겨울 들판 보리밭에서 무릎을 꿇는다. 나를 낮추고 대지를 섬

풀 한 포기, 꽃 한 송이 앞에서도 겸손하게 하소서. 사소한 것들에 감탄하고 기뻐하게 하소서. 들판에서 광야를 살게 하소서. 들판에서 광야의 기도를 올리게 하소서. 무릎 꿇게 하소서. 달리다굼!

기며 기도한다. 나를 40일 동안 광야의 고난에 서게 하소서. 나를 광야에서 울부짖게 하소서. 나를 광야에서 텅 비게 하소서. 나를 광야에서 충만하게 하소서. 나를 광야에서 떠돌게 하소서. 나를 광야에서 미치도록 일하게 하소서. 나를 광야에서 잠자고 쉬게 하소서. 나에게 광야에서 별을 보게 하소서. 나를 광야에서 자유 케 하소서. 나를 광야에서 굶주리게 하소서. 배고픔을 참게 하소 서. 나를 불쌍하고 긍휼하게 여기소서. 풀 한 포기 꽃 한 송이 앞 에서도 겸손하게 하소서. 사소한 것들에 감탄하고 기뻐하게 하소 서. 들판에서 광야를 보게 하소서. 들판에서 광야를 살게 하소서. 들판에서 광야의 기도를 올리게 하소서. 무릎 꿇게 하소서.

달리다굼! 달리다굼! 어디선가 들려오는 음성. 신의 음성인가? 땅의 음성인가? 환영인가? 내 입술에서 터져 나온다. 달리다굼, 할렐루야, 마라나타, 호산나, 에바다, 아멘, 엘리 엘리 라마 사박 다니! 아제아제바라아제 바라승아제모지사바하. 마가복음과 전 도서와 반야심경의 구절들이 뒤섞여 내 입술에서 터져 나오는, 나조차도 알 수 없는 언어. 들판의 언어인가? 하늘의 언어인가?

그 뜻을 잘 풀이할 수 없는 성경과 불경의 언어들이 내 입술 밖 으로 새어나온다. 시대와 공간이 바뀌어도 번역이 쉽지 않은 진 짜 하늘의 언어가 성경에 몇 개 있다. 인간의 감옥에 갇히지 않는 말들. '아멘'은 그냥 아멘이다. '할렐루야'는 그냥 할렐루야다. '호

거름 중에 제일 좋은 거름은 발걸음이여

산나'는 예수가 예루살렘에 입성하실 때 군중들이 환영하며 외친 말인데 '우리를 구해 주십시오.'라는 애절한 외침이다. '달리다굼'은 '소녀여, 일어나라.'라는 말이다. '엘리 엘리 라마 사박다니'는 '나의 하느님, 나의 하느님, 어찌하여 나를 버리셨나이까?'라는 뜻이다. '에바다'는 '열려라.'라는 뜻이다. '마라나타'는 '주여, 어서 오소서!'라는 뜻이다. 온전하게 번역할 수 없는 하늘의 언어들. '나무아미타불 관세음보살'이나 '아제아제바라아제 바라승아제모지사바하'도 온전한 번역이 어려운 하늘의 언어다. 어째서 갑자기 그런 언어들이 내 입술 밖으로 쏟아져 나오는 것일까?

하늘의
열락이
천하를
품는다

　　　　　　　　하늘의 언어들이 쏟아진다. 백 리 너
머 시골에 살고 있는 부모님께 전화를 드린다. 핸드폰에서 파드
닥 튀어나간 하얀 폭성의 음파.

　　"여기는 들판 한가운데야. 하늘의 언어들이 들판으로 쏟아져
들어와. 무차별적이야. 어떤 차별도 없이 쏟아져. 하늘이 무슨 짓
을 하고 있는 것일까?"

　　아버지는 폭설이 내리는 들판을 돌아다니는 중이셨다. 그 시간
나는 탄천을 서성이고 있었다.

　　"저돌적으로 퍼붓네. 들판을 다 덮고 있어. 그칠 기미가 없어."

　　하늘의 언어 앞에서 사랑한다는 아들의 속삭임은 무의미해보

였다. 그칠 기미 없이 쌓이고 또 퍼붓는 눈 앞에서 지상의 모든 언어들은 무색無色해 보였다. 찰나멸설刹那滅設인가.

"몸조심 해, 차조심 하고. 알았지?"

"네, 아버지도 미끄럼 주의하세요."

서로 인사말을 하고 전화를 끊었다.

눈이 퍼붓고 있다. 나뭇가지에, 들판에 온통 폭설의 냄새가 짙게 배어들었다. 폭설이 쌓이면 논두렁 깊은 구멍 속에서는 들쥐 가족이 백억 년의 몸짓으로 쥐눈이검은콩알이나 볍씨를 파먹고 있을 테고, 아버지는 들판을 쏘다니고 있을 것이다.

눈이 퍼붓는 시골집의 풍경을 떠올린다. 누렁이들이 편편 흩날리는 순진덩어리를 향해 컹컹 짖고, 청동구리빛 장닭이 꼬끼오 길게 울음을 토하며 홰를 친다. 눈 위에 찍힌 개 발자국은 어지럽게 핀 국화를 닮았다. 음메에에 울면서 벌렁거리는 황소의 콧구멍은 뜨거운 수증기를 내뿜는 간헐천이다. 초록 대문을 열면 마을회관까지 백 미터가 넘는 골목이 이어진다. 골목은 마치 성자聖者의 영지領地처럼 순백의 옷을 입었다.

눈발은 하늘이 내려주는 경악할 선물이며, 열락悅樂의 습격이며, 경탄의 게릴라다. 멀고 먼 거리를 휘감고 도는 고공의 윤무輪舞와 과감한 부유浮游와 광기어린 분란紛亂과 무질서의 엔트로피! 저 눈발은 천사와 선녀들의 몸짓인지, 경쾌 발랄한 미지의 족속인지, 어느 무정부주의자인지, 보헤미안과 집시의 후손인지 모

를 일이다. 바라보고 있으면 찔끔 뜨거운 눈물이 흐르고 처연凄然
함이 솟기도 한다.

텃밭으로 가서 비닐하우스에 쌓인 묵직함을 쓸어내린다. 밑도
끝도 없는 부드러움과 깃털처럼 가벼우나 무수한 설편雪片이 쌓
여 묵중함이 되었다. 그냥 두면 비닐하우스가 폭삭 가라앉아 설
해雪害를 입으니 튼튼한 댑싸리 빗자루로 쓴다. 비닐하우스 안에
는 고구마와 무가 땅속 깊이 묻혀 있고, 겨울 대파와 시금치가 자
라고 있다. 텃밭에는 마늘이 얼지 않도록 짚을 깔았다. 혹독한 겨
울을 이겨낸 만큼 마늘과 양파는 단단하고 아삭한 단맛이 일품일
것이다. 마늘과 양파 밭엔 촛대인 양 뾰족한 파릇함이 하얀 눈 밖
으로 솟아 있다. 푸르른 겨울 싹은 폭설의 품속에서 더 달고 고소
하리라. 입맛이 당긴다.

누렁이들이 귀를 쫑긋 기울이다 컹컹 짖는다. 눈발 속에는 수
많은 소리가 들어 있기 때문이다. 귀에 담아도 끝을 알 수 없는
적막의 소리. 적막이 만들고 적막에서 내려오는 소리. 한 생애
의 여백에 쌓이는 소리. 바람으로부터 탯줄과 영혼을 얻어 태어
난 적막에서 광막한 광야로 넘어가는 소리를 축생인 누렁이들
이 듣고는 컹컹 짖는다. 장자莊子는 '천하는 천하로 품어야 한다
藏天下於天下'고 했다. 온 세상을 품으며 눈이 내리고 있다. 이런
날 내 불알 속 수억 마리 팔팔한 정자들도 눈발의 휘날림에 섞이
도록 사정을 하고 싶다. 들판으로 깊이 들어가 사람의 시선이 지

워진 자리에서 아랫도리를 벗고 분사의 피스톤 운동을 하는 것이다. 내리는 눈과 모진 칼바람 속에는 태고太古의 음향이 숨어 있어 내 몸의 아우성을 자극한다.

충북 진천군 초평면에는 두타산이 있다. 눈이 오면 나는 종종 두타산으로 잠입했다. 나타샤도 없고, 흰 당나귀도 없고, 세상에 지는 것도 아니지만 어떤 힘에 조종되어 몽유병 환자처럼 산에 들곤 했다. 이내 회오리가 숲을 뒤흔들고, 하늘이 반짝 개며 햇살을 퍼부었다. 숲은 은백색과 초록색이 포개어져 빛났다. 그것도 잠시였다. 거대한 먹구름이 밀려오더니 하늘에서 천둥이 새어나왔다. 겨울에 천둥이 치다니! 잠시 후 수수알 만한 싸라기가 멸치 떼처럼 튀었다. 또다시 무서운 광풍이 숲을 뒤흔들었다. 두타산은 폭죽처럼 흩어지고 모이는 멸치 떼의 매혹적인 춤사위에 매료된 고래처럼 보였다. 뒤를 이어 세상이 깜깜해지고 눈발이 퍼부었다. 포식자인 고래 앞에서 오히려 물결을 이루며 수중발레를 하는 멸치 떼처럼 눈발이 내렸다. 흰 장삼과 얇은 가사를 입은 상좌승의 나비춤과 바라춤을 보라. 산머리와 능선과 비탈을 휘감는다. 상쇠놀음을 하는 광설狂雪을 보라. 빗금을 긋는 듯 용솟음을 치고, 천화天花의 꽃잎을 사방에 흩뿌린다. 송곳 같은 부리로 나뭇가지를 찍어대는 딱따구리처럼 내리는 눈발도 있다. 도둑고양이의 눈깔처럼 요괴롭게 광채를 품으며 내리는 눈발도 있다. 세상의 바탕을 하얗게 만드는 회사후소繪事後素의 성품으로 내리는 눈발도 있다. 어느 눈 내리는 날, 까막까막 먹을 갈아 흰 화선지 위에 썼던 구절 회사후소繪事後素. 아! 나는 산 정상에 올라 굶어서 얼어 죽는 눈 덮인 킬로만자로의 그 표범이고 싶다.

두타산에서 내려와 들판으로 들어선다. 폭설이 내리면 세상은 신의 영역에 조금 더 가까워진다. 활연대오豁然大悟하여 운수납자雲水衲子로 허공을 주유周遊하는 선지식善知識의 목소리도 들리는 듯하다. 신의 음성이 들판과 숲으로 내려오고 신의 발자국이 짐승의 발자국으로 위장한다. 대저 살아 움직이는 것의 생취生趣와 천지만물의 비의秘義를 품고 내리는 눈발이다. 천애지각天涯地角에 나는 서 있다. 하늘에도 눈, 땅에도 눈, 눈송이가 하늘과 땅의 경계를 지웠다. 탈경계이며 탈영토로다. 어디로 가는지도 모르고 그저 가는 수밖에 없는 그곳으로 향하는 나의 삶이 곧 유아독존唯我獨尊이며 천애고아天涯孤兒가 아니고 무엇이겠는가. 아버지가 으름과 산더덕과 돌배와 깨금과 산머루와 칡과 땔감을 찾아 드나들던 두타산 자락을 멀리서 바라보며, 그 아들은 하염없는 눈 속에 천애고아가 되어 파묻힌다.

제4부

문풍지는
우주의
숨소리로
울었다

문풍지는
우주의
숨소리로
울었다

"부우우우우우우. 부우우우우우웅."

"바드드드드드드드 바드르르르르르르."

문풍지는 마두금을 연주하는 악사일까? 문풍지는 광인狂人일까? 한겨울 눈보라치는 밤에 문풍지 떠는 소리를 들어보았다면 문풍지가 요괴라는 느낌이 들지도 모르겠다.

시골집의 문은 날살문과 띠살문이었다. 후일 나는 사찰이나 고택에서 실용성과 온갖 무늬의 아름다움을 잘 살린 우물살문, 빗살문, 소슬살문, 꽃나무살문 등을 살펴보았다. 소슬모란꽃문, 아亞자살문, 귀갑무늬살문 등 아름다운 문들에 감탄을 했다. 문은 다산, 풍요, 발복發福, 벽사제액壁邪除厄, 권위, 엄숙, 순수, 경계,

소박, 화려, 단아, 품격 등 다양한 의미를 지니고 있었다.

초가에 살던 시절, 문풍지 우는 소리를 거저 듣는 복을 누렸다. 날살문과 띠살문에 너풀너풀 붙어 있던 창호지가 부드드드덕! 부덕부덕 부우우우웅 악기소리를 내며 울었다. 어떤 이는 문풍지 우는 소리를 우주의 숨소리라고 했다. 어떤 이는 바람이 되어 찾아온 하느님의 인기척이라고도 했다.

내 추억에 남은 문풍지 소리는 한두 가지가 아니었다. 다듬이질 소리, 홍두깨 굴리는 소리, 두 손을 비벼 새끼를 꼬는 소리, 먼 초원의 야생마 울음소리, 충북선 증평역 건널목 차단기 오르내리는 소리, 소 되새김질하는 소리, 콩나물 물동에 물 흐르는 소리, 조그만 가마솥에 고구마 찌는 소리, 초가 처마에서 고드름이 커가는 소리, 꽹과리 소리 앞세워 굿을 하던 이웃집 무당이 칼춤을 추는 소리, 멀리서 들려오는 부엉이 소리가 문풍지 파르르 떠는 소리와 함께 어우러져 들렸다.

아버지와 엄마는 11월이면 문짝을 뜯어내 새 창호지를 발랐다. 풀은 걸쭉하게 쑤었다. 문풍지를 바르는 작업은 중요한 겨울 채비 가운데 하나였다. 문틈을 막지 않으면 한겨울 불어오는 황소바람을 당해내기 어렵다. 문 틈새로 들어오는 한기寒氣는 살을 에는 추위였다. 문풍지를 한두 장 바르면 머리맡에서 부는 외풍이 다스려지고 방안의 온도가 잘 유지되었다.

문풍지는 풀을 많이 묻히고 튼튼히 붙여야 했다. 매서운 눈보라와 비바람에도 떨어지지 않고 손 구멍도 잘 나지 않아야 했기 때문에 풀을 잔뜩 묻혀 창호지를 두 겹으로 발랐다. 두꺼운 창호지를 써서 겨우내 여닫아도 헐지 않도록 했다. 문풍지만 새로 발랐는데도 새 집 같았고 방도 새 방처럼 느껴져 기분이 달라졌다.

두 겹 창호지 사이에는 말린 국화꽃, 쑥부쟁이꽃, 코스모스꽃 잎을 넣었다. 창호지는 달빛이나 햇살을 투과시켰다. 문 아래쪽에는 방에 누워서도 마당을 내다볼 수 있도록 조그맣게 눈꼽재기창을 내어 유리를 끼웠다. 눈꼽재기창으로 비스듬히 햇살기둥이 방바닥으로 쏟아져 들어왔다. 밤에는 달빛이 쏟아져 들어왔다. 마당을 어슬렁거리는 족제비, 오소리, 들고양이, 쥐, 강아지, 정체 모를 그림자들을 눈꼽재기창으로 다 살필 수가 있었다. 겨울에는 눈꼽재기창에 성에가 두텁게 끼어 손톱으로 긁어대면 멋진 화폭이 되었다.

아랫목에 서로 엉겨 붙어서 심하게 장난을 치던 발가락에 긁혀 창호지가 찢어지고 구멍이 뚫리기도 했다. 안방 문에는 점점 구멍이 생겨났고, 그러면 아버지가 붓글씨 연습을 하던 화선지를 덧발랐다. 문에는 한문 구절과 한시가 어른거렸다. 나중에는 공책이나 신문지 일부를 오려서 때우기도 했다. 2년 정도 지나면 문짝 전체가 누더기가 되었고, 그러면 아버지와 엄마는 다시 문짝을 뜯어내어 새 창호지를 발랐다.

누군가 나에게 일상에서 가장 행복한 순간이 어느 때냐고 묻

거름 중에 제일 좋은 거름은 발걸음이어

는다면 나는 시골집에서 문풍지 소리를 듣는 일, 눈꼽재기창으로 마당을 보는 일이라고 말하겠다. 마당에는 빨랫줄과 바지랑대가 있었는데 옷가지들이 마르면서 바람에 휘날리면 사라락사라락 소리가 났다. 옷이 허공에서 춤을 추고 헤엄을 치고 토끼뜀을 뛰었다. 바지랑대는 빨랫줄을 팽팽한 수평선으로 만들기도 하고 너울너울 능선으로 만들기도 했다. 바지랑대 꼭대기에는 참새도, 잠자리도, 나비도, 구름도 앉았다. 언젠가는 빨랫줄을 타고 허공으로 건너가던 쥐가 바지랑대 꼭대기에서 잠시 쉬어가기도 했다. 빨래가 잔뜩 널려 있으면 바지랑대는 더욱 균형을 잘 잡았다. 빨랫줄이 텅 비어 있으면 바지랑대는 오히려 자그만 바람에도 휘청

눈꼽재기창으로 비스듬히 햇살기둥이 방바닥으로 쏟아져 들어왔다. 밤에는 달빛이 쏟아져 들어왔다. 마당을 어슬렁거리는 족제비, 오소리, 들고양이, 쥐, 강아지, 정체 모를 그림자들을 눈꼽재기창으로 다 살필 수가 있었다. 겨울에는 눈꼽재기창에 성에가 두텁게 끼어서 손톱으로 긁어대면 멋진 화폭이 되었다.

거렸다.

인생은 백구과극白駒過隙처럼 흘렀다. 문틈으로 흰 말이 씽 지나가듯 빠르게 흘러 어느덧 50년이 지난 지금도 겨울 마당은 그 자리 그대로다. 멍석이 깔려 있고, 약초가 말라가고 있다. 그 옆으로 바싹 말라 푸석푸석 티끌로 돌아가고 있는 맨드라미 세 그루가 보인다. 손발톱을 깎으면서 신문지에 떨군 아버지의 살딱지를 닮았다. 아버지는 손톱, 발톱을 깎을 때 동시에 부직포 같은 비듬과 머리카락 잔해, 빵부스러기 같은 굳은살도 뜯어내었다. 바싹 마른 맨드라미를 빼닮았다. 아궁이에 쑤셔 넣으면 지글지글 잘 탄다.

눈꼽재기창은 내 마음속에 그대로 남아있다. 그리로 과거를 보고 현재를 본다. 문은 무한한 상징을 지녔다. 어릴 적 띠살문과 눈꼽재기창은 부처의 눈과 귀였다. 문풍지는 우주의 숨소리로 울었고, 창문으로 마당을 내다보니 아버지가 막 돌아오셨다.

눈꼽재기창, 그것은 작은 물경物鏡이면서 물경物景이었고 경물敬物이면서 격물格物이었다.

마시자!
어스름
한 잔의
불빛을

어둠은 빛의 부재다. 빛은 어두울 때 더 빛난다. 어둠에서 빛이 나왔다. 어둠과 빛은 공존한다. 낮에는 눈으로 볼 수 없는 먼 곳에 하늘의 파수꾼들이 숨어 있다. 어둠이나 빛도 어떤 물질로 이루어져 있다고 한다.

초등학교 2학년 무렵까지 호롱불을 사용했다. 저녁이 되면 귀가 조금 더 밝아지고 시력이 조금 더 좋아지고 마음이 더 깊어지는 것 같았다. 석유가 들어오기 전에는 등잔불이었다. 석유가 들어오면서 등잔이 호롱으로 바뀌었다. 석유는 인화성이 강해서 등잔에 직접 불을 붙일 수 없었다. 그래서 병 모양의 용기와 이를 덮는 뚜껑을 만들고, 뚜껑의 구멍을 관통하는 작은 심지에 불을 붙여

쓰는 호롱불이 생겼다.

호롱불은 나무로 된 등잔대에 놓였다. 하얀 사기로 만들어진 호롱에는 파란 난초가 그려져있었다. 호롱불을 놓는 등잔대의 높이는 두 자 남짓으로 어른의 앉은키와 비슷했다. 나는 그 곁에서 산수와 국어를 공부했고, 엄마는 바느질을 했고, 아버지는 새끼를 꼬거나 망태를 만들거나 책을 읽었다.

호롱불은 그림자를 여러 개 만들었다. 형과 나, 여동생은 손가락이나 문방구, 양말, 고구마 등을 이용해 벽에다 개, 여우, 나비, 도깨비 등의 그림자를 만들며 놀았다.

석유를 아끼려고 심지를 최대한 낮춰놓은 호롱불은 미닫이문이나 창호지문을 여닫을 때 가볍게 이는 바람에도 곧잘 꺼지곤 했다. 엄동설한 깊은 밤, 문풍지를 비집고 들어온 틈새바람이나, 아이들이 손가락으로 뚫어놓은 문구멍으로 스며드는 황소바람에도 쉬 꺼졌다. 불이 꺼지면 어둠 속을 더듬거리며 기린표 유엔 곽 성냥을 찾아 또다시 불을 밝혔다. 암흑 속에서 아버지는 새끼 꼬는 일을 잠시 멈췄고, 엄마는 바느질을 잠시 멈췄다.

고등학교에 진학해 호롱불이 등장하는 서정주의 「자화상」이나 김광균의 「설야」라는 시를 배웠는데, 호롱불을 쓰면서 살아온 나와 달리 호롱불을 잘 모르는 친구들도 있었다.

애비는 종이었다. 밤이 깊어도 오지 않았다.

거름 중에 제일 좋은 거름은 발걸음이여

…흙으로 바람벽한 호롱불 밑에

손톱이 까만 에미의 아들

서정주의 「자화상」 중

어느 머언 곳의 그리운 소식이기에

이 한밤 소리없이 흩날리느뇨

처마 끝에 호롱불 여위어 가며

서글픈 옛 자취인 양 흰 눈이 내려

김광균의 「설야」 중

   호롱불 밑에서 공부를 하다보면 석유의 그을음 때문에 손끝뿐만 아니라 콧등도 까매졌다. 김광균의 「설야」를 읽을 때는 문틈으로 들어온 황소바람에 호롱불의 불꽃이 꺼질 듯 말 듯 위태롭게 흔들리던 모습이 떠올랐다.

   나는 날마다 저녁을 기다렸다. 호롱불 아래서 공부하고 싶었다. 호롱불에 비친 그림자로 놀이를 하고 싶었다. 개구리와 풀벌레의 노랫소리도 호롱불 아래에서 듣고 싶었다. 호롱불 아래서 새끼를 꼬던 아버지의 손에서 새어나오는 지푸라기 마찰 소리를 듣는 게 좋았다. 시험 때 벼락치기 공부를 하느라 밤늦게까지 불을 밝힐 때면 엄마는 감자와 옥수수와 술빵과 식혜를 내오셨다.

공부를 하고 있으면 불 끄라는 소리를 하지 않으셨다. 아버지와 엄마가 먼저 코를 골며 곯아떨어졌다. 나는 밤늦게까지 호롱불 앞 앉은뱅이책상에 앉아 공책에 사각사각 연필 긁적이는 소리를 냈는데, 마치 쥐가 천장을 갉아먹는 소리 같았다.

우리집의 저녁 풍경을 움직이는 것은 호롱불빛이었다. 호롱불은 자신의 심장을 태우며 우리집 안방에서 빛났다. 하늘 한 모퉁이에서, 또 다른 모퉁이에서, 지면의 모퉁이에서 세상을 이루고 움직이는 가장 작은 것들이 살고 있었다. 우리집 호롱불은 세상의 작은 모퉁이를 비추는 빛이었다. 나는 사오십년 전에 집에서 쓰던, 내 유년을 밝혀주었던, 나에게 책읽기의 동기를 부여해 주었던, 저녁을 좋아하게 해주던 호롱을 아직도 간직하고 있다.

공부를 마치고 호롱불을 끄기 전에 오줌을 누려고 마당에 나섰다. 마당 구석에 오줌을 누고 있으면 외양간의 소도 자다말고 일어나 오줌을 누었다. 소의 오줌소리는 펌프질 소리와 흡사했다. 콸콸콸 시원했다.

가을 하늘에는 묵은 공기가 거의 없었다. 찬 이슬의 발톱을 지닌 찬바람이 허공을 쏘다녔다. 긁힌 허공에 살짝 탄로난 별의 탄생. 별의 조도照度가 낚시 바늘의 미늘처럼 시퍼렇다. 어떤 별의 동공은 제 묵은 발톱을 짓찧어 새로운 발톱이 돋아나기를 기다리는 독수리보다 매섭게 느껴졌다.

별이 쏟아질 듯 많았다. 외양간 옆으로 멀리 두타산과 군자산,

소백산 능선의 윤곽이 다 보였고, 나무와 풀과 곡식과 소와 개와 닭과 야행성 동물들의 움직임이 어둠 속에서도 보였다. 염전의 소금처럼, 메밀밭의 메밀꽃처럼, 배밭의 배꽃처럼, 매화밭의 매화꽃처럼, 이팝나무의 이팝꽃처럼 하늘에 가득한 별빛과 달빛 때문이었다.

초등학교 3학년, 처음으로 우리집에 전기가 들어왔고, 하얀 사기 호롱 대신 처마에 전기 애자를 따라 까만 전깃줄이 마루, 부엌, 안방, 건넌방, 헛간, 외양간으로 뻗어가 삼십 촉 백열등을 밝혔다. 삼십 촉짜리 알전구 불빛이 워낙 밝아 방바닥의 서캐와 머릿속의 이도 훤히 보인다며 신기해했다. 백열전구의 눈부심은 황홀 그 자체였다. 그날부터 전깃불 밑에서 교과서를 보고, 문제집을 풀고, 『동몽선습』을 읽었다.

요즘 시골에 갈 때면 종종 늦은 밤에 도착할 때가 있다. 그럴 때는 변함없이 헛간과 현관의 전구가 반짝인다. 부모님은 깊은 잠에 빠져 내가 현관을 열고 들어가도 코를 골며 주무셨다. 잠든 부모님 대신 알전구가 두 눈을 뜬 채 아들을 기다리고 있는 것이다. 저 알전구의 불빛이 고맙고, 반갑고, 서럽다.

알전구의 불빛! 참 착한 불빛이다. 인간의 시간을 어루만지는 빛의 시간이 항상 선량할 수만은 없겠지만, 밤을 지새우는 알전구의 심성은 넓고도 착하다. 마시자, 한 잔의 불빛! 마시자, 한 잔의 어스름! 호롱불은 사라졌지만 알전구의 불빛은 아직도 살아 있다. 저녁 늦게 도착해 마당과 현관을 밝히고 있는 알전구의 불빛을 마시면 내장까지 환해지는 느낌이었다.

거름 중에 제일 좋은 거름은 발걸음이여

달빛은
지구를
비추는
개구쟁이다

　　늦은 저녁, 밥상에 한 그릇씩 별을 가득 띄우고 먹는다. 아버지의 늑골에도, 엄마의 가슴골에도 흰 달이 떠 있다. 여름에는 마당에서 저녁을 먹는다. 밥그릇, 국그릇, 냉수그릇에 달빛과 별빛이 가득 찬다.

　달빛은 달에서 생성된 것은 아니고 햇빛의 일부를 달 표면이 반사해 생긴 것이다. 충북 진천군 초평면 용대마을 장충남씨 댁 마당에는 다섯 식구가 나란히 멍석에 누워 겹겹 무량無量한 암흑을 뚫어져라 바라보곤 했다. 멍석에 누워 밤하늘을 보며 옥수수를 먹었다. 달짝지근하고 노란 물이 새어나와 입 안에 고였다가 목구멍으로 넘어갔다. 촘촘한 옥수수 알을 자근자근 따먹으며 별빛이 금강석처럼 반짝이는 밤하늘을 아득히 보곤 했다.

"달에도 논밭을 만들 수 있을까?"

형이 말했다. 아버지는 그러면 좋겠다고 했고 엄마는 절대 반대였다. 매일 밤 달에 가서 밭을 매야 하니까 싫다고 했다. 형은 달나라에서 소랑 염소도 키우고, 감자도 캐고, 메기를 잡아 매운탕을 끓여먹을 수 있으면 좋겠다고 했다.

그러나 애석하게도 달의 흙에는 산소와 물과 유기물이 없다. 달의 흙은 입자가 너무 고운 데다 화학적으로도 활성이 강해 알갱이끼리 서로 쩍쩍 들러붙느라 공기와 물이 스며들 공간이 없다. 식물의 뿌리가 숨을 쉴 수 없다.

지구의 흙은 숨을 쉰다. 흙은 살아 있는 생명체다. 흙속에 무수한 미생물과 곤충 들이 살아 움직인다. 기다란 원통형 갈색 몸에 잔마디로 이루어진 환형동물 지렁이는 토양을 갈아엎는 쟁기질 선수다. 지렁이의 항문을 통해 몸 밖으로 배설된 흙똥은 온통 미생물로 코팅되어 있는 보물이다. 하지만 달 표면에 있는 흙에는 산소와 물과 유기물, 지렁이와 미생물이 전혀 없다.

겨우내 갈아엎은 논바닥의 흙을 움켜쥐면 시루떡을 만지는 느낌이다. 감자를 심은 텃밭은 매서운 봄바람에 회오리처럼 흙먼지가 일어날 정도다. 이런 땅은 숨을 잘 쉬고 있는 건강한 흙이다. 땅이 숨을 잘 쉬고 있을 때는 아무리 젖어 있어도 신발에 흙이 잘 들러붙지 않는다. 숨을 쉬느라 쩍쩍 갈라진 흙 위를 걸으면 마치 스펀지 위를 걷는 것처럼 탄력이 있다.

숨쉬는 흙에는 구멍이 많다. 봄이 되면 들판의 흙에 구멍이 많아진다. 흙의 각질을 뚫고 기지개와 혀가 튀어나오고, 긴 꼬리가 스멀거리고, 까맣게 부릅뜬 눈동자가 굴러 나와 알을 낳고, 올챙이와 민들레로 피어나고, 뱀으로 자라나고, 수많은 꽃잎으로 퐁퐁퐁 터졌다. 강아지가 킁킁거리며 흙을 파헤칠 때 포르릉 뛰어 달아나는 아지랑이와 나비. 벌컥벌컥 달빛을 받아 마시는 구멍. 빛과 공기를 먹고 싶었던 구멍. 겨우내 홀로 어두웠던 구멍. 텃밭 가득 온몸이 간지러워 미칠 것 같았던 흙의 구멍. 더 깊은 지하를 깨우는 구멍. 한삽 두삽 겉흙을 떠내면 '놀란흙'이 품고 있던 애벌레와 개미알과 씨앗과 돌멩이, 땅속으로 무수히 뻗은 구멍들이 드러났다. 흙의 숨구멍이었다.

봄의 불청객 '황사'는 해마다 왔다. 어느 날 아버지와 황사에 대해 얘기를 나누었다.

황사가 비닐이나 유리에 붙으면 햇빛을 차단해 투광률이 저하되기 때문에 광요구도가 높은 오이, 애호박, 참외, 토마토, 고추 등의 과채류와 장미, 카네이션 같은 절화류의 수량과 품질이 크게 저하된다. 그러나 아버지는 황사가 농작물에게 좀더 유리하다고 생각했다. 봄에 내리는 뿌연 황사비가 농작물에게는 최고의 보약이라고 하셨다. 황사비에는 무기물, 미네랄, 석회, 질소 성분이 풍부해 농작물의 잎과 뿌리를 튼튼하게 한단다. 봄에 황사비가 내리고 하루 이틀만 지나면 온 대지의 식물이 쑥쑥 자라 무성해진다고 한다.

황사에는 알칼리성을 띠는 석회. 산화마그네슘 등의 물질이 포함돼 산성토양을 중화시키는 역할도 한다. 석회는 농경지 중화제로도 많이 쓰이는 재료다. 황사는 바다 생태계에도 적지 않은 도움을 준다. 황토가 미세한 먼지로 변해 바람에 날리는 황사는 적조 때 바다에 뿌리는 황토 같은 역할을 한다. 황토 입자가 플랑크톤이나 적조에 엉겨 붙어 가라앉는 성질이 황사에서도 그대로 나타난다. 한반도 주변 바다에는 육지보다 더 많은 황사가 떨어진다. 황사가 없다면 적조가 더욱 기승을 부릴지도 모른다. 황사에 포함된 미량의 칼륨, 칼슘, 마그네슘 등은 어패류를 비롯한 해양 생물의 영양분이 된다.

아버지는 황사조차도 인간 중심의 관점으로만 보지 않았다. 식물, 토양, 바다의 입장에서 바라보았다. 어느 한 가지 입장만을 고집하지도 않았다. 고집이 있는 듯 보였지만 유연하고 탄력적인 입장을 견지하셨다. 흙의 성품이 그러하듯이. 아버지는 흙을 닮았다.

달나라 흙으로는 식물을 키울 수 없다. 달나라에는 잔디를 심을 수 없고, 포도밭을 만들 수 없고, 토끼가 뛰어놀 수도 없다. 하지만 인간의 사전에 불가능이란 없다. 아버지의 사전에 불가능은 없다. 아버지는 내세의 달나라에서 수천 마리 소를 키우고, 옥수수밭을 만들고, 감자를 수확할는지도 모른다. 이태백의 「월하독작月下獨酌」, 풍류의 대상이라기보다는 노동과 생산의 현장으로 달을 바라보던 어느 시골의 가족이 있었다.

자전거를
타면
바람의
성분이 된다

중학교 3년 내내 자전거를 타고 삼십
리 길을 통학했다. 하루는 냇둑길로 등교하다 돌부리에 채는 바
람에 자전거와 함께 서너 바퀴 굴러 허리 높이의 물속으로 빠졌
다. 가방도 물속에 풍덩. 서너 군데 찢어져 피를 철철 흘리면서
온통 젖은 몸으로 등교를 했다.

고등학교에 가서도 나는 여전히 자전거를 타고 통학했다. 어느
무더운 여름 아침, 청주 대성여자고등학교 앞 건널목에서 급정거
를 하는 바람에 책가방이 떨어졌고, 도시락이 튀어나와 아스팔트
바닥에 쏟아졌다. 교문 앞에 밥알과 콩알이 낭자하게 흩어졌다. 등
교하던 여고생들이 함성을 지르고 박수를 쳤다. 여학생들의 비명

거름 중에 제일 좋은 거름은 발걸음이여

과 웃음. 수줍은 유학생이었던 나는 뒷수습도 못하고 줄행랑을 쳤다. 그렇게 도시락을 분실했고 내 인생 최고의 수치심이 밀려왔다. 다음날부터는 우회로로 학교에 다녀야 했다.

세광고등학교는 우암산 언덕 위에 있었다. 500미터 가파른 오르막길을 간신히 달렸다. 내 짐자전거의 체인은 자주 벗겨졌다. 손은 늘 시커멓게 자전거 기름이 묻어 있었다. 지각을 밥먹듯이 할 수밖에 없었고, 교문 앞에서 쪼그려걷기와 팔굽혀펴기를 수 없이 해야 했다. 내 몸에선 하루 종일 통증과 느끼한 기름 냄새가 풍겼다.

주말이면 무작정 자전거를 타고 무심천을 돌아다녔다. 행동반경은 점점 넓어졌다. 그 시절 나는 애송이 문학청년이었다. 청주시문화원에서 주최한 고교문예백일장에서 시 부문 금상을 수상했고 문화원에 작품이 전시되어 수많은 여학생들이 작품 아래에 꽃을 꽂아주었다. 아주대학교에서 주최한 전국고교문예백일장 산문부문에서도 은상을 수상했다. 상금 5만원을 받아 하숙생 형들과 무심천 포장마차에서 술도 마시고 담배도 피웠다. 고은 시인의 시「문의 마을에 가서」를 배웠는데 알 수 없는 뭉클함이 있었다. 마침 대청호 주변에 문의 마을이 있다고 해서 토요일에 자전거를 타고 백리 길을 달렸다. 저질 체력은 아닌데도 탈진 상태에 다다를 정도였다. 겨울이 아닌 초가을 문의 마을의 단풍은 그저 그랬다.

무심천은 잉어들의 천국이다. 잉어들은 죽비를 내리치듯 물의 등짝을 철썩 후려치는 일에 골몰하곤 했다. 자전거의 시간은 윤슬로 반짝이는 무심천의 흐름으로 스며들었다. 유속을 벗삼아 흘렀다. 상선약수上善若水의 이치를 얘기한 노자老子에게 자전거가 있었다면 아마 자전거를 광적으로 즐기는 노익장을 과시했으리라.

청주 우암산은 자전거를 타기 좋았다. 청주대학교 후문으로 나가면 우암산 순환도로였다. 우암산 순환도로는 계곡과 능선의 너울과 아침 햇살의 미묘한 스펙트럼을 신기루처럼 펼쳐보였다. 몸이 휘청거리고 숨결이 헐떡인다. 겨자씨보다 작은 숨결이 고래의 호흡처럼 점점 거칠어진다. 갈증이 훅 끼쳐왔지만 타는 목마름의 느낌이 좋았다. 약간의 통증과 몽롱함이 목젖에 닿았지만 정신은 맑아졌다. 자전거와 내 몸이 형영상린形影相燐이 되는 듯했다. 자전거도 몹시 힘들어했다. 헐떡일 때마다 몸속의 피돌기가 세차게 느껴진다. 심장을 나온 피가 생식기를 지나 허벅지를 지나 발목을 헉헉대며 지나는 느낌이 든다.

크지 않은 능선이지만 우암산은 수시로 깊이 휘어든다. 산등성이를 휘돌 때 전방이 나타났다 사라지면서 자맥질을 한다. 바람이 뒤따라오며 나를 앞뒤에서 휘감는다. 바람은 나를 찾기 위해 얼마나 많은 산을 헤매고 다녔을까. 바람은 살아 움직이는 실존이며 곡비처럼 울기도 한다. 사실 바람은 불안정한 기압으로 인해 탄생한다. 자전거를 타는 종족은 바람을 숙명으로 숭배해야

거름 중에 제일 좋은 거름은 발걸음이여

한다. 막연한 생의 신비에 당도하려면 바람의 감각을 경모해야 한다.

오후 네 시가 넘어 회향한다. 넓은 역광과 산그림자가 드리운다. 그림자는 한없이 길어지고 있다. 자전거는 고작 백 리를 달렸을 뿐인데 그림자는 순식간에 천 리까지 길어진다. 하기야 지구의 절반은 늘 밤이며 어둠 속이다. 빛이 어둠을 따라가고, 어둠의 빛의 꼬리를 따라간다.

자전거가 지구 위를 흘러 다닌 궤적을 따져보니 고작 집 주변 산길을 염소처럼 온종일 헤매 다닌 것에 불과했다. 이러다 어느 날 문득 자전거는 아주 멀리 떠날지도 모르겠다. 몽골 초원을 지나 고비사막으로 떠날지도 모르겠다. 멀리서도 구름 속 까만 비 냄새를 맡을 줄 아는 늑대가 되는지도 모르겠다. 노을이 레드카펫처럼 깔린다. 분에 넘치는 색조의 향연이다. 감당하기 어려운 노을의 주단 앞에서 나는 실어증 환자가 된다.

시골집에는 자전거가 두 대 있다. 동문체육대회와 게이트볼대회에서 받은 경품이다. 시골 동네는 벌판이 넓고 높낮이 없이 평평한 신작로가 6킬로미터 가량 직진으로 뻗어 있다. 평야를 가로지르는 시원한 신작로라 페달을 살살 굴려도 잘 나간다. 아버지는 겨울 말고 나머지 계절엔 매일 두 시간씩 자전거를 탄다. 나도 시골에 가면 자전거를 탄다. 새벽의 여명과 노을 속을 달린다. 오후의 한가한 시간이나 별이 반짝이는 밤중에도 달린다. 자전거는 꽤나 낭만적이다. 바람과 온도와 햇살의 성분, 별빛의 성분을 모두 느낄 수 있다. 자전거를 타면 농로과 냇둑이 길지 않게 느껴진다. 하염없이 기나긴 길을 마냥 달리다 보면 어느새 꽤 멀리 와 있다. 자전거를 타면 인간과 짐승의 중간쯤에 도달하는 듯하다. 야생마와 인간의 중간, 들개와 인간의 중간, 비둘기와 인간의 중간, 독수리와 인간의 중간, 제비와 인간의 중간. 자전거를 타면 반인반수가 된 듯하다. 자전거는 야생의 속도, 짐승의 속력이면서 자유의 성분이다.

거름 중에 제일 좋은 거름은 발걸음이여

매일
어떤 장소와
시간을
이동한다

　　　　　　어떤 장소와 시간은 우리의 삶을 실
어나른다. 실어나르면서 여러 형질을 만나고 그들에게 인식된다.
삶은 일종의 코드와 같다. 삶은 마주치는 다양한 형질에 코드처
럼 인식되고 표식을 남기게 된다. 버스정류장, 바람, 햇살, 타인의
웃음에 나의 신경선과 감정선은 맞닿아 연결된다. 그들은 나를
다른 방식으로 읽고 다른 형질로 인식한다. 그것이 인연因緣, 연
기緣起, 색色의 사상이 된다. 어떤 대상과 교차하고 스치며 만나
는 순간 나는 기록되고 인식되고 의미를 지니게 된다. 하물며 오
백 년 가까이 이어진 집성촌의 이웃은 오죽하랴.
　　ㄱ씨네는 우리집과 사십 년이 넘도록 이웃이다. 그 댁의 아버

지는 선비였다. 많이 배워 글 읽는 소리가 끊이지 않았지만 한량이었고 농사일은 아내의 몫이었다. 농사 기술이란 염병染病인데다 게을러, 청산유수하며 한두 달씩 집을 비우기도 했다. 아들 넷과 딸 하나가 있었는데 셋은 대학을 마치고 도시에 정착했다. ㄱ씨네 아버지는 동네 인심을 얻지 못했고 결국 객사했다. 한동네에 살던 셋째 아들 내외가 어느 날 종적을 감추었는데 알고 보니 동네 사람들에게 삼천만 원, 이웃 친구들에게 오천만 원, 동네 소종계小宗契에서 칠천만 원을 빌려 야반도주한 것이었다. 동네가 발칵 뒤집혔다. 그 댁 어머니는 결국 도시에 사는 아들네로 쫓겨 갔지만 며느리한테 구박받으며 생활한다고 했다. 이제 그 집 식구들은 더이상 동네에 발을 들여놓을 수가 없었다. 그 댁 어머니가 돌아가시고 장례행렬이 동네로 들어왔지만 동네 사람 아무도 장지葬地에는 따라가지 않았다.

ㄴ씨네 아저씨는 구두쇠였다. 고집이 세고 베풀기 꺼리는데다 공짜로 얻어먹는 것을 좋아했다. 가뭄이 심하면 수로를 따라 들어오는 물줄기를 여러 논이 사이좋게 차례로 나누어 가져야 하는데 자기 논에만 물을 대기 바빴다. 결국 물줄기를 두고 싸움이 일어났고, 싸움이 남긴 감정은 골이 깊었다.

ㄷ씨네 가족은 동네에 삼십여 년 살다 청주로 이사를 했다. 동네에 논밭이 남아 있어 주말마다 가족들이 내려와 농사를 지었다. 동네 사람들하고는 지속적으로 교류했고, 옛정이 남아 동네

상조회 활동도 함께 했다. ㄷ씨네 부모님이 교통사고로 한꺼번에 돌아가셨을 때는 동네 사람들이 모두 합심해 장례를 도왔다. 그런데 이듬해부터 ㄷ씨네 아들들이 동네 상조회에 나타나지 않고 교류를 뚝 끊었다. 장례를 도와주면 답례로 상조회에 백만 원을 기부하는 것이 회칙이었는데 기부금도 내지 않았다. 동네 상조회 회원들은 분개했고, 그들을 강제로 탈퇴시켰다.

ㄹ씨네 아버지는 사십대 초반 젊은 나이에 뇌졸중으로 급사했다. 그 댁 며느리는 치매에 걸리고 연로한 시어머니를 정성껏 수발했고, 2남 1녀를 잘 키워 모두 대학까지 보냈다. 동네 사람 모두가 칭송했다. 하지만 큰아들은 젊어서 허리수술을 받아 농사일을 거들지 못했다. 결혼했지만 이혼했고, 재혼하는 과정에서 두 자식을 포기했다. 둘째 아들은 미국으로 유학간 뒤 십년 째 어머니가 살고 있는 고향집에 오지 않고, 아예 소식을 끊었다. 딸도 외국인과 결혼해 호주로 가버렸다. ㄹ씨네 어머니는 치매, 고혈압, 당뇨합병증을 앓고 있지만 자식들 누구도 어머니를 돌보지 않아 동네 아줌마들이 돌보는 처지가 되었다.

ㅁ씨네는 아들이 다섯이다. 부모는 살아 있는데 자식 넷이 이미 저 세상 사람이 되었다. 둘은 자살했고 하나는 교통사고로 식물인간이 되어 오년 가까이 중환자로 지내다 세상을 떴다. 나머지 하나는 한 번 이혼하고 재혼을 했지만, 며느리가 유방암에 걸려 삼 년을 채 살지 못하고 죽었다. ㅁ씨네 아버지는 알코올 중독

에 빠졌다.

ㅂ씨네는 자식들끼리 재산 싸움이 났다. 아버지는 죽고, 치매에 걸려 요양원에 있는 어머니를 가까이 살고 있는 둘째 아들 내외가 돌보았다. 그런데 둘째 아들이 치매에 걸린 어머니를 꼬드겨 어머니 앞으로 되어 있는 논밭 천여 평을 모두 팔아 가로챘다. 뒤늦게 안 형제들이 들고일어나 형제들 사이에 의가 깨졌고, 왕래조차 않는 사이가 되었다. 둘째 아들이 어머니를 끝까지 봉양해야 할 처지가 되었지만 며느리는 봉양 포기를 선언했다.

ㅅ씨네 아들 형제는 명문대를 나왔다. 신동이라는 소문이 자자해 가문의 영광이라고 했다. ㅅ씨네는 부자였다. 솟을대문이 있는 집이고, 대종계를 이끌고 있었다. ㅅ씨네 아버지는 농협지부 위원장 선거에 3연속 출마했다. 진천군의원에도 두 번 도전했고 면장에도 나섰다. 감투 욕심에 집안 재산을 탕진하다 결국 대종계 자금까지 건드렸다. 동네 사람들과 초등 동창들이 발 벗고 도와주었지만 계속 낙선했고 돈으로 매수하려거나 뒤에서 상대방 후보를 비방하며 선거를 돕는 동창과 이웃들에 대한 배려가 부족해 감정의 골이 생겼다. 술을 마시면 주사가 있어 말실수도 자주했는데 그것이 화근이었다. 결국 남은 것은 상처뿐이었다. ㅅ씨네 아버지는 폐인이 되어 당뇨합병증으로 힘들고 어려운 말년을 보냈다. 그 댁의 자식들은 부모님이 돌아가시자 동네 선산이 아닌 납골당에 모셨고, 동네에 발길을 끊었다.

ㅇ씨네 아들은 부지런했다. 농사일을 잘 돕고 농기계도 잘 다루었으며 농사 기술도 뛰어났다. 하지만 농한기면 도박장과 술집을 드나들며 수천만 원을 날렸다. 술집을 드나들다 외도 끝에 작은집도 꾸렸다. 독한 마누라를 만나 마음을 잡는 듯했지만 다시 도박에 손을 댔다. 부부싸움 끝에 물리적인 충돌이 생겨 몇 달간 병원에 입원하는 신세가 되기도 했다.

몇몇 이웃들이 사는 방식을 살펴보니 집집마다 아픔과 욕심이 있다. 부모와 자식의 생각이 다르고, 흥하는 집안과 망하는 집안이 있다. 손가락질 당하는 집안과 칭찬을 받는 집안이 있다. 분란을 일으키는 집안과 결속을 유지하는 집안이 있다. 시골은 아름답지만 동시에 속물적이다. 살기 좋은 곳이지만, 살기 힘든 곳이기도 하다. 이웃은 고통이면서 동시에 즐거움이다.

가장
좋은
거름은
발걸음이다

"여보, 고생했어. 고마워."

"내가 뭘. 당연한 일을 했을 뿐이지. 근데 나는 우리 어머님, 아
버님이 점점 존경스러워져."

설 연휴를 마치고 판교로 올라오면서 차 안에서 아내와 주고받
은 말이다. 아내가 뜬금없이 시아버지, 시어머니가 존경스럽단다.

"우리집은 언제나 손님이 많잖아. 전에는 귀찮았고 명절증후
군도 있었는데 이젠 아니야."

"왜?"

"오는 손님마다 우리 부모님이 제일 편하다고 그래. 늘 웃으면
서 기쁘게 인사하신다고. 조카, 아저씨, 다들 그래. 언제나 웃으면

거름 중에 제일 좋은 거름은 발걸음이여

서 편안하게 맞아주는 사람은 우리 어머님 아버님밖에 없다고."

"우리 부모님이? 에이, 환상이야. 사실은 안 그래."

"아니야, 내가 유심히 지켜보니 사실이야."

"인품이야 장모님, 장인어른이 훨씬 뛰어나지. 장인 장모님 웃음이 더 매력적인 걸."

아내가 무척 고마웠다. 우리집 서열 1위인 아내. 시어머니, 시아버지도 며느리 앞에서는 꼼짝 못한다. "계속 담배 피우시면 다음부터는 저 안 올 거예요."라는 며느리의 폭탄 발언에 아버지는 담배를 뚝 끊으셨다.

우리집은 다른 집보다 인간 관계가 딱딱하지 않다. 농담도 주고받는다. 부모님은 권위를 내세우지 않아 사람을 편안하게 한다.

시골에 갈 때 나는 되도록 가락동 시장에 들른다. 개불, 멍게, 해삼, 광어회, 숭어회, 방어회 등을 사서 내려간다. 아무리 좋은 횟감을 떠간다 해도 엄마가 차려주는 소박한 푸성귀 밥상을 따라갈 수는 없다. 하지만 부모님은 내가 사간 횟감을 반기신다. 안방이나 대청마루에 술상을 차리면 소주 한 병이 금방 빈다. 손자 이야기, 학교 이야기, 농사 이야기, 친척 이야기, 건강 이야기, 이런저런 이야기가 오간다. 아버지와 아들 사이의 근원적인 어색함이 있지만 아슬아슬 어색함을 피해가며 대화를 나눈다. 특히 시국을 바라보는 입장 차이는 크다. 그러나 서로 강요하지 않으면서 얘기를 하니 감정의 골은 생기지 않는다. 보수와 진보의 차이를 서로 수렴하고 이해할 수 있는 유연함과 융통성이 있다. 또는 한 귀로 듣고 한 귀로 흘린다. 세대 간의 차이는 거의 좁힐 수 없어 심각한 이견이 많지만 말다툼으로 이어지지는 않는다. 수긍하고 맞장구치는 척한다. 한쪽이 언성을 높이면 거기에 수반되는 부작용이 크다는 것을 안다.

부모님은 대개 일터가 밥 먹는 장소다. 마당도, 대청마루도, 안방도 모두 일터다. 메주를 만들다가, 꺼치를 만들다가, 콩에서 돌을 골라내다가, 우엉과 여주와 돼지감자를 썰다가, 쇠죽을 쑤다가, 고추꼭지를 따다가 밥을 먹는다. 일을 하다가 잠시 멈추고 밥을 먹는다. 일터가 곧 식당이다.

고단할 때는 밥을 먹자마자 곯아떨어진다. 회 몇 점에 소주 서너 잔을 기울이자마자 아버지는 곯아떨어진다. 헐렁한 반바지 틈으로 돼지감자 같은 불알 두 쪽이 보이고, 쩍쩍 갈라진 발등 틈새로 논흙이 잔뜩 끼어 있다. 물을 뿌려 촉촉하게 하면 발등에서 새싹이 파릇파릇 돋아날 것만 같다. 울긋불긋 하지정맥류가 있는 다리는 소나무 구근을 닮았다. 보기가 흉하다. 드르렁드르렁 낮잠에 빠져든 고된 발바닥과 종아리를 주물러드리고 싶지만 차마 쑥스러워 그저 고들빼기 안주삼아 나머지 소주 한 병을 나 혼자 조용히 비운다. 술기운이 오르면 나도 아버지 옆에 가만히 눕는다.

아버지와 단둘이 밥을 먹은 기억이 꽤 많은 편이다. 엄마가 병원에 입원했을 때 한 달 가까이 아버지와 단둘이 밥을 먹었다. 어느 날 아버지가 내오신 가지비빔밥. 너무 오래 삶아 죽이 된 가지는 숟가락에 닿자마자 흐물흐물 자줏빛 곤죽이 되었다. 애호박도 너무 오래 삶아 흐물흐물했다. 고추장을 듬뿍 떠서 밥에 넣고 비볐다. 맛있다. 입 안에서 살살 녹아 후루룩 꿀꺽 잘도 넘어갔다. 한 그릇 뚝딱 해치우고 또 한 그릇 비벼먹었다. 아버지가 해준 가지비빔밥 맛을 떠올리면 지금도 군침이 돈다. 마루에 개다리소반을 놓고 아버지와 둘이 먹는 점심. 배고픈 개들이 낑낑대고, 소들이 외양간에서 음메, 길게 운다.

부모님은 평생 고달픈 육체노동을 하며 살아오셨다. 아버지는 일복이 터진 분이었다. 부지런한 천성이 오히려 큰 짐 같아 보였

부모님은 대개 모든 곳이 일터다. 마당도, 대청마루도, 안방도 모두 일터다. 일터인 그곳이 밥터다. 메주를 만들다가, 꺼치를 만들다가, 콩에서 돌을 골라내다가, 우엉과 돼지감자를 썰다가, 쇠죽을 쑤다가, 고추꼭지를 따다가 밥을 먹는다.

다. 부모님은 문명이 주는 편리를 거의 누리지 못하고 고단한 노동을 숙명처럼 여겼다. 그리고 자연이 주는 희로애락을 무덤덤하게 받아들이며 살아간다. 반면 아들인 나는 도시인답게 더 많이 소유하고, 더 많이 파괴하고, 더 많이 소비하며 살아가고 있다. 돈을 벌지 않으면 나는 무얼 해야 할지 몰라 혼란스러워하며 무기력해진다. 돈을 벌어 소비하고, 자식을 교육시키는 것이 나에겐 절대 의무이며 삶의 방식이다.

아버지와 엄마는 만년晩年의 삶을 살고 있다. 만년晩年이란 참 쓸쓸한 것 같다. 가깝던 친구나 친척들, 이웃들이 죽거나 발길이 뜸해진다. 점점 말벗이 없어진다. 아버지와 엄마는 만년의 쓸쓸함을 감내하면서도 늘 표정이 밝다. 아마도 들판과 농작물과 가축과 동식물이 있기 때문일 것이다. 늙었지만 스스로 살림하고, 농사일을 한다. 아버지는 수백 가지 씨앗의 싹을 틔우는 데 아주 큰 공을 들인다. 자연을 관찰하고 탐구할수록 무궁무진한 비밀을 캘 수 있다.

"거름 중에 가장 좋은 거름은 발걸음이여."

아버지는 하루도 거르지 않고 논밭에 나간다. 아마 무덤에 가기 전까지 그럴 것이다. 벼는 농사꾼의 발걸음 소리를 듣고 자란다는 속담을 믿는다. 경작지 어느 곳에 돌이 있고 풀이 있는지, 어느 곳이 습하고 건조한지 훤하게 안다. 어디에 풀이 빨리 자라고, 어디에 두더지가 돌아다니고, 어디가 멧돼지와 고라니의 길인지, 감자꽃은 얼마나 피었는지 모두 알고 있다.

　시골에 갈 때마다 나는 부모님께 온갖 동식물의 안부를 묻는다. 제비들의 근황, 고추밭과 멧돼지와 도라지와 구름의 근황을 묻는다. 아버지와 엄마의 대답은 끝이 없다. 묻지 않은 것들의 안부와 근황을 자세히 토설하신다. 생기와 활력이 넘치는 늙은 음성으로.

재래시장에는
홍건한
카니발의
언어가 산다

　　　　　　나는 어릴 적부터 엄마를 따라 증평
장, 오창장, 진천장에 가곤 했다. 지금도 엄마를 모시고 재래시장
에 자주 간다. 특히 방앗간에 가서 참기름, 들기름, 고춧가루를 빻
거나 인절미, 쑥떡, 꿀떡을 만들 때 엄마는 어김없이 나를 부른다.

　시장의 언어는 하층민의 언어다. 질박하고 솔직한 언어, 활력
이 넘치는 언어다. 격식과 예절과 품격을 벗어던진 해방된 언어
다. 홍건한 카니발의 언어다.

　'육종용'이라는 한약재를 파는 장돌뱅이 약장수의 입담은 낯
뜨거운 저질 언어였다. 하지만 온갖 감각이 펄펄 살아 있는 싱싱
한 언어였다. 신선도가 좋은 날것의 언어였다.

　　　거름 중에 제일 좋은 거름은 발걸음이여

"육종용이 뭐냐? 일명 '말자지 버섯'이라고도 하는 거여. 봐, 말자지하고 비슷하게 생겼잖아. 칭기즈칸이 뛰놀던 중앙아시아 몽골지방 초원을 휘날리던 야생마들이 서로 교접할 때 수놈의 정액이 뚝뚝 땅에 떨어진 자리에서만 자라는 버섯이란 말여. 그래서 말버섯이여. 일명 '사막의 산삼'이라고도 하는 겨. 자, 여기 시커멓게 죽은 물 좀 봐. 우리는 늘 이런 물을 마시고 있는 겨. 이 죽은 물에 녹각을 타 봐. 변화가 있어, 없어? 없지? 자, 인삼을 타 봐. 변화가 없지? 이게 물개 자지인데 이것을 갈아서 타 봐. 어때? 변화가 있어, 없지? 자, 여기에다가 육종용을 타 봐. 어때? 시커멓게 죽은 물이 깨끗하게 살아났지.

자, 이게 『동의보감』여. 보여? 육종용 보여? '보신강음補身强陰 유정익수遺精益髓 익정혈益精血 윤장통변潤腸通便 연완쇠노延緩衰老'라고 쓰여 있어. 자, 이거 뚝 자르니까 진액이 흘러 나오잖어. 끈적한 것이 정액과 똑같어. 정액과 혈액을 보하면서 명문의 열화를 강화시켜 음경을 발기시키는 힘이 대단해. 예로부터 양陽을 돋우는데 성약聖藥이라고 했어. 옛날에 전쟁이나 장사로 남편이 집을 떠나면 여인네들이 이 육종용을 움켜쥐고 눈물까지 흘렸다는 바로 그 뿌리여. 발기가 전혀 안 되는 남성, 발기가 됐다가도 삽입하려면 금방 시드는 남성, 삽입하자마자 사정해 버리는 남성, 성행위 도중 시들어버리는 남성, 발기가 돼도 굳세지 않은 남성들, 이거 사흘만 잡수면 물건이 야구방망이가 되고 쇳덩이가 되어 뿌려. 손발 저린 사람 손발이 싹 나아. 허리, 무릎 시큰한 거 말끔히 사라져. 오줌 찔끔거리는 게 뻥 뚫려서 콸콸 폭포처럼 쏟아져. 넥타이 매고 구두 신는다고 다 남자가 아니야. 아침에 일어나면 여자가 '한 번 더, 한 번 더' 생방송을 하고 찰거머리처럼 딱 달라붙어야 그게 남자라. 이거 먹은 수탉이 암놈 백 마리를 쉼 없이 올라타고 벼슬을 쪼아대는 바람에 암탉 벼슬이 다 까지고 피가 줄줄 흘렀다는 거여. 자, 여기에다가 약방의 감초, 요강이 뒤집어진다는 복분자, 삼지구엽초도 약간씩 드릴 테니 섞어서 술을 담가 드셔. 그게 바로 '독계산주'라는 것이여. 막혔던 의혈이 뻥 뚫리고, 피를 맑게 하고, 임질에 걸린 사람은 이 술 사흘만 먹으면 말끔히 낫고, 산성 피를 알칼리성으로 만들어주고, 변비 있는 사람은 속을 따스하게 보호해 주고, 방광염 있는 사람은 염증 다 없애주고, 물건이 쇠방망이가 되어서 부부 금슬이 금방 좋아져. 자 이만큼이 2만 원여. 거저여. 이거 달여서 먹던가 술을 담가 약주로 드셔. 이만큼이 2만 원여. 거저여 거저."

품바들의 공연장도 있었다. 품바들은 노래와, 웃음과, 엿과, 비누와, 동동구루무 화장품과, 파스를 팔았다. 청중을 울리고 웃기는 수법. 온갖 욕지거리와 육두문자로 청중을 하염없이 깔아뭉갰다가 느닷없이 존칭을 사용하며 극진히 대접하는 어법. 극적인 상황을 종횡무진 쏟아놓으면서 청중의 혼을 홀딱 빼버리는 어법. 청중의 희로애락을 총체적으로 자극하는 어법. 울음과 뜨거움과 차가

거름 중에 제일 좋은 거름은 발걸음이여

움과 슬픔과 아픔과 위트와 과장과 비꼼과 추켜올림과 모심과 팽개침과 비웃음과 조롱과 아부와 진심어린 걱정과 당부와 애교가 서로 뒤엉킨 어법. 밑바닥의 처절한 체험이 점철된 어법. 엿장수의 ㄱ라를 듣고 있으면 인생의 무의미도 의미로, 슬픔도 기쁨으로 변화했다가, 또 그 반대가 되기도 하며 혼이 몽땅 빠져나갔다.

얼굴에 구레나룻과 콧수염을 달고, 콧등에 쥐눈이검은콩 크기의 점까지 박고, 바짓가랑이에는 발기한 남자 성기를 집어넣고 온갖 욕설을 퍼붓는 사람은 남장한 젊은 여자였다. 허스키한 목소리가 남성의 톤이었기에 구경꾼들은 모두 남자로 알고 있었다.

"여기 모이신 과부들, 수컷들, 생리가 터진 것들, 고장난 것들, 유통기한 지난 것들, 찢어진 것들, 달랑달랑 달고 나온 것들, 개뿔들, 지랄 염병할 것들, 삥 뜯기는 것들, 추워 뒈질 것 같은 것들, 술 처먹은 것들, 엿 같은 것들, 우울증 걸린 것들, 가슴 작은 것들, 키 작은 것들, 허리 구부러진 것들, 고맙지라. 고마워유. 모두들 만수무강하시라고 백세인생 불러줄까? 천년지기 불러줄까?"

각설이의 브래지어가 흥건했다. 엿가위 춤을 현란하게 추고 장구를 쳤다. 허공으로 땀방울을 튀고 날리며 방울춤을 추었다.

"거지년을 구경하기 위해 불원천리 산 넘고 물 건너오신 여러분은 모두 제 정신이 아니랑게. 모두 복 많을 겨. 우리 거지들이 세상 천시와 멸시 다 얻어먹으며 개지랄 떨면, 우리 같은 비렁뱅이 인생의 광대짓을 구경하면서 관객분들은 웃음을 찾는단 말여.

그게 우리네 거지들의 본분인 것이여. 알겠능가?"

육두문자와 존댓말이 마구 뒤섞였다. 혓바닥이 화농化膿처럼 녹아내릴 것만 같았다. 더욱 강해지는 비트와 빨라지는 템포. 명치에서 국지성 소용돌이가 회오리쳤다. 구경꾼들을 위한 재롱과 익살이 넘쳐났다.

"돈이 없으신 분들은 박수를 크게 쳐주시면 돼. 돈과 박수는 무게가 똑같은 거. 잘 사는 년이나 못 사는 년이나 오십보백보여. 삶의 무게는 몇 그램 차이 안 나닝께. 알겠지라?"

거지가 못하는 말이 없었다. 각설이는 땀범벅이 되었다. 언어의 해방! 그것은 삶을 해탈하고, 삶을 구속하는 것들을 풀어내고, 응어리를 모두 녹이고, 삶을 자유롭게 하는 것이었다.

각설이들은 육두문자와 존댓말을 마구 뒤섞였다. 혓바닥이 화농(化膿)처럼 녹아내릴 것만 같았다. 더욱 강해지는 비트와 빨라지는 템포. 명치에서 국지성 소용돌이가 회오리쳤다. 구경꾼들을 위한 재롱과 익살이 넘쳐났다.

불편함을
즐기는 것이
즐거움이다

        어떤 시골은 도시보다 인심이 고약할 수 있다. 농단지나 도로가 들어서려고 하면 지역발전기금, 후원금, 보상금을 받기 위한 등치기, 떡고물 근성이 판을 친다. 하이에나처럼 끝까지 민원을 집어넣고, 위화감을 조성하며 사생결단으로 물고 늘어진다. 이장, 반장, 지역발전위원장, 노인회장, 동창회장, 향우회장, 청년회장이 결탁하고 지역발전기금을 타내는 데 혈안이 되어 생떼를 부린다. 마을 규정이나 암묵적인 정서를 어긴 사람은 마을 출입조차 힘들어진다. 다른 목소리를 내면 곧장 마을에서 따돌림을 당한다. 왕따가 되어 농사일에서 도움을 받지 못하는 처참한 응징을 당한다. 그 지역의 기질을 알지 못하면 그 지역에서 결코 버텨낼 수 없다. 그 지역의 기질과 풍속에 동화되지 않고는 쉽게 살아갈 수 없다. 자신만의 색깔과 오기로 이질적인 시골 주민과 동화되지 않고 용케 버틴다 해도 주민들의 말투, 표정, 뒷공론, 입는 옷, 사고 방식, 악습에 가까운 풍습, 음식, 시시콜콜한 소문 등이 하나하나 싫어지기 시작하면 더이상 그곳에서 버틸 수 없다.

어떤 시골은 도시보다 사생활 보호가 어렵다. 내 집과 이웃집의 경계가 분명하지 않다. 이웃은 함부로 아무 때나 개인의 경계선을 침범한다. 마당과 부엌에 함부로 들어서고, 방으로 쳐들어온다. 성장 과정, 직장, 가족 구성, 친척 관계, 하루 일과, 지병, 습관 등을 꼬치꼬치 캐묻고 심지어 농협 거래내역까지 집요하게 파고들어 묻는다. 개인의 영역을 보호받을 수 없고 적당한 거리를 유지하기 쉽지 않다. 긴밀한 관계를 유지하면서 깊이 어울리지 못하면 배타적이고 폐쇄적인 존재가 되고 만다. 관심이 지나치게 많고 허심탄회한 이웃이라 진절머리가 난다. 그게 시골의 인심이라는 것이고, 이웃의 개념이다.

어떤 시골은 도시보다 안전망도 허술하다. 안전망은 도시가 오히려 더 촘촘하다. 시골은 폭우, 홍수, 산사태, 산불 등의 재해를 입을 가능성이 도시보다 훨씬 크다. 의료수준도 도시보다 훨씬 빈약하다. 출동이 늦은 구급차를 기다리다가 숨이 끊어질 가능성이 훨씬 높다. 나이가 들었을 때 고관절이나 팔다리가 부러질 확률이 더 높다. 겨울에 폭설이 내리면 일주일 이상 고립되기도 한

거름 중에 제일 좋은 거름은 발걸음이여

다. 경찰력도 도시보다 훨씬 취약하다. 농공단지에는 외국인 불법체류 노동자들도 많다. 일부 읍면 단위의 농공단지 주변에 가면 마치 외국여행을 온 듯하다. 도시에서 온갖 사건에 연루된 인간이 숨어든 은신처일 가능성도 높다. 그래서인지 어떤 마을은 집집마다 무서운 큰 개를 몇 마리씩 기르고 있다. 개 짖는 소리는 매우 위협적이고 공포감을 자아낸다. 시골에서는 빈집이나 논밭의 농작물을 노리는 생활 잡범들이 많다. 시골은 곁에 도와줄 사람이 별로 없는 위험한 장소다. 힘없는 노인들을 표적으로 삼는 생활형 범죄가 지속적으로 발생한다.

어떤 시골은 도시보다 시끄럽다. 해가 뜨자마자 트랙터, 경운기, 콤바인, 건조기, 곡물저장창고가 내뿜는 농기계의 굉음은 소음 재해에 가깝다. 도로가 잘 뚫린 시골 주변에는 농공단지, 혁신도시가 건설되면서 포클레인, 불도저, 덤프트럭 수백 대가 산을 깨고, 도로를 뚫고, 건물을 올리고, 대형 기계를 돌리느라 정신이 없다. 뿐만 아니라 공장형 양계장, 양돈장, 소 농장으로 인해 닭똥, 돼지똥, 소똥 냄새가 진동을 하고 가축들의 울음소리가 십 리밖에서도 들려온다. 도랑이나 둠벙, 방죽, 저수지는 공장에서 흘러나오는 산업 폐기물, 농장에서 흘러나오는 오폐수로 지천이 시커멓게 오염되어 있다.

어떤 시골은 도시보다 고독하다. 유유자적, 태평세월, 느림의 미학만으로는 살아가기 힘들다. 그림 그리기, 꽃 좋아하기, 꽃차 만들기, 낚시하기, 산야초 연구하기, 독서하기, 책 읽고 글쓰기, 나무 조각하기 등 무언가에 몰두할 수 있어야 한다. 하루가 다 가도 모를 정도로 전념할 무언가가 있어야 한다. 그렇지 않으면 폐인이 되기 십상이다. 시골에 가면 술 마실 시간이 더 많아진다. 힘든 육체노동을 하면서, 이웃과 친해지느라, 혼자 무료한 시간을 달래기 위해, 지천에 꽃이 피어서, 자연 풍광이 좋아서, 무공해 자연산 안주거리가 좋아서, 낭만과 고즈넉함과 여유가 있어서, 하늘의 별이 쏟아져서, 자나 깨나 술의 유혹에 휩싸인다. 술 없이는 못 산다.

어떤 시골은 도시보다 불편하다. 자동차가 없다면 시골은 유배지나 다름없다. 자동차도 없이 응급상황이 생기면 대처 능력은 원시적인 수준으로 전락한다. 자전거로 이동할 수 있는 곳은 극히 제한되어 있고 경사가 심한 시골길을 자전거로 이동한다는 것은 거의 불가능하다. 최소한 오토바이는 탈 줄 알아야 한다.

시골의 불편함은 한두 가지가 아니다. 그러나 불편함을 잘만 활용하면 문명의 이기에 병들고 곪아터진 육신과 정신을 치유할 수도 있다. 편리함은 사람을 게으르게 만들고 삶을 수동적이고 의존적으로 만든다. 그러나 불편함은 다른 방식으로 세상과 관계를 맺도록 한다. 무언가를 직접 해야 한다는 것은 불편한 일이지만 거기엔 '직접' 해보았다는 자존감과 기쁨이 있다. 빈자의 미학으로 덜 소유하고, 직접 어떤 일을 하면서 느끼는 성취감은 크다. 불편함을 즐길 수만 있다면 시골생활도 해볼 만하다.

눈도 울고
코도 울고
귀도 울더라

2017년 6월 18일 일요일 새벽 6시, 가락시장에서 숭어회를 떴다. 겨울숭어가 달다고 하지만 오뉴월 보리가 익을 무렵에 잡히는 '보리숭어'도 맛이 좋다. 이때는 산란 전이라 살이 통통하다. 큰 놈 한 마리를 회로 떴다.

시골 부모님은 마침 들깨모를 밭두렁에 빙 둘러 심고 있었다. 밭두렁에는 강낭콩이나 들깨를 심었다. 강낭콩이나 들깨는 이랑이나 고랑이 없는 맨땅이나 묵은땅에서도 잘 자란다.

들깨모를 심고, 풀을 대충 뽑고 집에 와서 점심을 먹었다. 멍게와 개불과 해삼과 보리숭어회를 곁들여 소주 두 병을 비웠다. 부모님과 대화하면 뜻밖의 즐거움이 있다. 부모님이 툭툭 내뱉는 말 속에는 사소하고 생소한 삶의 이치가 원석처럼 박혀있다. 무딘 기억을 더듬어 평소에는 그냥 흘려보낸 부모님의 말씀을 복기해본다.

• "저기 봐. 미꾸라지 두 마리가 놀잖아. 딱 방금 팥죽 떠먹은 자리처럼 물이 뒤집히네."

• "그놈은 대장장이 불집게로 불알을 꽉 찝어도 눈썹 하나 깜빡이지 않을 놈이야. 아주 독한 놈이여."

• 십 분 전에 태어난 염소 새끼가 일어나 걷는 것을 보고 엄마가 했던 말

"아장아장아장, 조촘 이긋거리고 흐늘흐늘 거듬거듬 휘청이다가도 몇 시간 후면 마른 땅에 새우처럼, 논두렁에 메뚜기처럼 껑충 뛸 거야."

• 가을에 잡아 온 붕어들이 살아서 팔딱거릴 때 엄마가 했던 말

"아주, 고놈들 널뛰기를 하고 고등어 자반뒤집기를 하는구나."

• "오늘은 왜 이리 해가 더디 가나. 어제는 뉘 부고장을 가지고 가듯 줄달음질치더니 오늘은 발바닥에 종기가 났나? 앉은뱅이도 따라가겠다."

• 아버지와 어머니가 누군가의 흉을 본다.

아버지: "그 사람 돈은 좀 벌었지만, 금방 다 까먹고 알거지가 되었다."

어머니: "나발소리 들은 돈인가? 허망하게 달아나버리는 돈

도 있네.”

아버지: “열심히 땀 흘려 벌어야 돈도 엉덩이가 무거운 법이여.”

어머니: “그 집 마누라도 호박 버러지 파먹듯 살림을 털어먹는 사람여.”

• 늦잠 자는 내 이불을 걷어차며 엄마가 했던 말

“이놈들아, 해가 꽁무니에 떴어. 어서 일어나 밥 먹어. 눈궁둥이가 시어서 못 보겠다.”

• 내가 대학생일 때 6.10 민주항쟁이 있어났다. 나는 ‘독재 타도 민주 쟁취’라고 쓰인 유인물을 잔뜩 들고 시골로 내려와 증평에서 시위를 할 참이었다. 3.1 만세운동처럼 도시에 살고 있는 대학생들이 시골로 내려가 시골 장날에 유인물을 여기저기에 뿌렸다. 깜짝 놀란 아버지가 나에게 했던 말

“온몸의 땀구멍이 입이라도 너에게 할 말 없구나.”

옆에서 엄마가 거들었다.

“이놈아, 나는 너무 놀라서 염통이 쫄깃해졌어. 낯을 들고 다닐 수 없어서 자라모가지가 되었다.”

• 우리 엄마 왈

“기쁠 때는 눈도 웃고, 입도 웃고, 귀도 웃어. 그런데 슬프고 고단할 때는 흥보마누라처럼 눈도 울고, 코도 울고, 귀도 울어.”

• 아버지와 어머니가 주고받던 말

아버지: “그 집에는 아직 손주가 없어.”

어머니: "내외간에 금슬이 좋으면 서로 바라보고 웃음만 웃어
도 그냥 애를 풀풀풀 낳는디 왜 그런다?"

• 어머니는 한겨울 논에서 얼음을 지치며 놀다 온 우리를 위해
강냉이튀밥, 군고구마, 찐빵을 준비해 놓았다. 집에 들어서자마자
우리는 먹을 것부터 찾아 허겁지겁 달려들었다.

"그놈들 누에 한밥 삭이듯 퍼먹네. 그러다가 배꼽이 요강꼭지
나오듯 쑥 솟겄다."

• 6월 중순 아버지가 물꼬를 허물어 논의 물을 완전히 빼면서
"첫물떼기를 해서 논을 바싹 말려야 해. 모들에게 일부러 시련
을 가해서 단단하게 만들어야 해. 이삭패기 30일 전에 중간물떼기
를 또 해. 물걸러대기를 해서 뿌리와 줄기와 잎에 활력을 높여주
어야 해. 이삭패기를 하면 물을 엄청나게 빨아들이기 때문에 물을
듬뿍 대야 한단다."

• "혼수를 넉넉하게 떴으므로 죽지 않고 모두 잘 살 거야."

비닐하우스에서 키운 깻모, 고추모, 배추모를 밭에 옮겨 심을 때
바닥의 흙을 함께 듬뿍 떠주는 것을 '혼수'라고 한다. 식물도 자리
를 뜨면 새로운 땅에 적응하기 위해 한바탕 낯가림을 하고, 그 뒤에
비로소 착근着根하는 것이다. 혼수를 해 가면 조금 편안하게 땅내
를 맡는다고 한다.

• "귀신 씻나락 까먹는 소리 하고 있네."

3월 말 아버지는 씻나락을 나흘 정도 불린다. 볍씨를 불려 모

거름 중에 제일 좋은 거름은 발걸음이여

판에 뿌리고 일주일 정도 두면 발아한다. 간혹 발아가 잘 안 되는 모판이 있다. 어른들은 배고픈 귀신이 씻나락을 까먹었기 때문에 쭉정이가 되어 발아하지 못한 것이라고 했다. 씻나락은 씨알이다. 씨알이란 곡식의 종자로 쓰는 낱알인데 거기서 유래한 말이 많다. '씨알데기 없다, 씨알머리 없는 소리' 등. 예로부터 농사짓는 사람에게 씻나락은 단순한 종자가 아니라 내일의 희망이다. 아무리 배가 고파도 씻나락을 먹지는 않았다.

• "6월에는 가재들이 북 치고 장구를 쳐."

6월 초중순은 가뭄을 제일 심하게 탄다. 비가 내리지 않아 도랑이 대부분 바싹 마른다. 아버지는 가재들이 6월이 없는 곳에서 살고 싶다며 밤마다 큰 집게발로 타닥타닥 북 치고 장구 친다고 말씀하셨다.

• "6월 말에는 논에 새끼 칠 거름을 주어야 해."

모가 땅심을 받으면 포기가 불어나기 때문에 양분이 많이 필요하다. 그래서 '새끼 칠 거름'을 주어야 한단다.

• "올해는 장마 오기 전에 제때 감자를 캐서 해골병은 들지 않겠어."

비가 흠뻑 내린 후에 감자를 캐면 보관이 어렵다. 물기 머금은 감자는 속이 물렁하고 시크무래죽죽하게 썩으면서 고약한 냄새를 풍기고 해골처럼 변해간다. 그것을 속된 말로 해골병이라고 한다.

아버지는
늙어서도
영원한
청년이다

1941년에 태어난 아버지의 유년과 성장과정을 1968년에 태어난 나는 거의 알지 못한다. 한 세대는 가고, 또 한 세대가 오는 법. 우리는 아버지의 세대를 기억하기보다 내가 살아야 할 세대에 관심을 더 집중해야 간신히 살아나갈 수 있는 것인지도 모른다.

명절 때 아버지는 의무적으로 조상 이야기와 자신의 성장과정을 이야기하려고 하셨던 것 같다. 하루 종일 밭을 매고 풀을 뽑을 때, 콩과 깨를 털고 벼를 벨 때, 지루한 시간을 달래려고 아버지는 과거를 이야기해 주셨다.

아버지는 중학교를 졸업했다. 당시 중학교에 진학하는 학생은

거름 중에 제일 좋은 거름은 발걸음이여

열 명 중 한명 꼴, 고등학교 진학은 백명 중 한명 꼴이었다. 중학교 입학 선발시험 경쟁률이 십 대 일을 넘었고, 고등학교는 수십 대 일이었다. 아버지는 4남 1녀의 막내였고 할아버지는 막내를 공부시킬 여력이 전혀 없었다. 그러나 똑똑했던 아버지는 부모님 몰래 몇 개월 동안 도토리와 회양목에 도장 파는 연습을 해서 부모님 몰래 중학교 입학원서를 접수했고, 시험을 치러 당당히 합격했다고 한다. 그제야 할아버지는 어쩔 수 없이 아버지를 중학교에 보냈다. 고등학교에도 가고 싶었지만 50킬로미터 넘게 떨어진 학교에 다니려면 하숙비 등 돈이 만만찮게 들어 결국 진학을 포기해야 했다.

청년 시절 아버지는 강원도 인제 포병부대에서 일병 때부터 특등사수와 분대장을 맡았다고 한다. 당시 한글을 깨우치거나 포물선 방정식을 이해한 사병이 없었기 때문에 아버지가 일병 때부터 분대를 이끌었다는 것이다.

첫 휴가 때 아버지는 할아버지의 권유로 이십 리 길을 걸어 어느 산골 사랑방 호롱불 아래서 선을 보았고, 처자가 맘에 든다는 말 한마디만 남긴 채 자대로 복귀했다. 육 개월 후 할머니가 위독하다는 전보가 부대로 날아들어 급히 휴가를 낸 아버지는 걸어서 이십 리, 마차 타고 삼십 리, 트럭을 빌려 타고 백 리, 서울에서 버스 타고 이백오십 리, 다시 걸어서 이십 리 길 시골집에 도착하니 온 동네방네 새신랑이 왔노라고 난리가 났다. 다음날 곧장 가마를 타고 동네 한 바퀴 돈 뒤, 큰집 마당에서 혼례를 올리고 별채에서 첫날밤과 사흘간의 신혼생활을 보낸 후에 자대로 복귀했다. 번갯불에 콩 볶듯 일사천리로 진행된 혼례였다. 그 첫날밤에 생겨난 형은 아버지가 제대할 무렵 태어났고, 이 년 후에 내가 태어났다. 형은 부모님의 신혼집인 큰집 별채에서, 나는 부모님이 처음으로 갖게 된 흙담 초가집에서 태어났다.

우리 동네는 인동 장씨 집성촌으로 40여 호 대부분이 친척이었다. 대종계와 소종계로 나뉘어 계가 이어졌고 우리집은 소종계에 속했다. 집짓기, 장례식, 도로 내기, 시향제, 여름 천렵은 동네 사람들이 다 함께 울력을 했다. 아버지가 분가해 첫 집을 지을 땐 땅 다지기부터 지붕 올리기까지 모든 일을 동네 사람들이 함께 해주었다. 새벽에 화재가 났을 때도 모두 합심해서 불을 껐다. 홀랑 불타버린 집을 철거하고 다시 집을 지을 때에도 땅을 다지고 터를 잡는 일을 동네 사람들이 도와주었다.

아버지는 방 두 칸짜리 초가 한 채와 논 한 마지기, 소 한 마리를 가지고 분가했다. 굶어죽지 않고 서너 식구 입에 풀칠할 만큼의 재산이었다. 아버지는 악착같았다. 소를 몇 마리 더 키우고, 담배 농사를 짓고, 품앗이를 했다. 손재주가 좋아 가마니, 멍석, 꺼치, 똬리, 짚신, 망태기, 삼태기, 소쿠리를 만들었다. 싸리로 채반을, 댑싸리와 싸리와 수수깡으로 빗자루도 만들었다. 아버지는 거의 모든 것을 직접 만들었다. 새마을운동이 한창일 때는 신작로와 다리를 놓는 토목현장에 나가 일당을 벌었다. 때로 일당을 밀가루, 보릿가루로 받으면 시장에 내다 팔거나 집에서 보리떡, 술떡, 칼국수, 수제비, 찐빵 등을 해먹는 데 썼다.

아버지는 소를, 엄마는 닭과 토끼를, 형은 돼지와 개를, 나는 염소를 맡아 키웠다. 형과 나에게는 각자의 통장이 있어 우리가 키운 동물을 팔아 번 돈은 우리 통장에 두둑하게 저금되었다. 아버지와 엄마는 그렇게 번 돈으로 땅과 소를 샀고, 집을 새로 지었다.

아버지는 욱하는 성미가 있어 화를 자주 냈다. 엄마는 성격이 쾌활하고 부지런한데다 달변가였다. 바느질, 절구, 음식 솜씨도 좋았는데 특히 막걸리와 식혜를 잘 빚었다. 두 분은 티격태격했지만 말싸움 이외에 손찌검을 한 적이 없었다.

아버지는 큰 수술을 여러 번 받으셨다. 척추와 목과 대장을 수술했고, 담석 제거, 손가락 절단 수술도 받았다. 여러 번 죽을 고비를 넘겼지만 늘 웃으신다. 만사를 긍정하고 기쁨으로 받아들인다. 아버지는 늙어서도 멋진 청년이었다.

아버지는 큰 수술을 여러 번 받으셨다. 척추와 목과 대장을 수술했고, 담석 제거, 손가락 절단수술도 받았다. 여러 번 죽을 고비를 넘겼지만 인명은 재천이라 매번 기적같이 살아나셨다.

이제 아버지는 많이 늙었다. 아버지 친구들은 대부분 암이나 사고로 세상을 떴다. 피할 수 없는 노화와 죽음을 아버지와 엄마는 매일 체험하며 살고 계신다. 남은 생이 많지 않으나 두 분은 늘 웃는 얼굴이다. 아침마다 걷기 운동과 체조도 거르지 않고, 만사를 긍정하고 기쁨으로 받아들인다. 아버지는 늙어서도 멋진 청년이었다.

거름 중에 제일 좋은 거름은 발걸음이여

아버지도
불장난을 하다가
오줌을
쌌다

　　　　　　　　　나에게는 아버지와 불장난을 하던 기
억이 많이 남아 있다. 쥐불놀이, 논두렁 태우기, 왕겨 태우기도
함께 했다. 겨울이면 함께 땔감을 구했고, 부엌 아궁이에 앉아
함께 쇠죽을 쑤었고, 함께 참새를 잡아 구워 먹고, 고구마와 가
래떡을 구워 먹었다.

　아버지는 불을 사르고, 불을 지키기 위해 태어난 분 같았다. 일
어나자마자 부엌으로 가서 큰 가마솥에 쇠죽을 쑨다. 제일 먼저
소의 밥을 짓는 것이다. 잘 마른 솔잎으로 아궁이에 불을 지피고
잔솔가지와 솔방울을 넣어 불길을 활활 살렸다. 그런 후 쇠죽에
쌀겨를 살살 뿌리고, 아궁이에는 바짝 마른 깻단과 장작을 넣는

다. 겨울이면 땔감을 구하는 일이 중요한 일과였다. 땔감을 모을 때는 온 가족이 출동했다.

논두렁 태우기도 중요한 일이었다. 논두렁의 불씨는 최고로 멋진 춤을 추었다. 바람의 사위처럼 유연하게 온갖 동작으로 흔들렸다. 꺼진 것 같은 잿더미 속에도 잔 불씨 몇 개가 웅크리고 있었다. 새까맣게 타들어간 논두렁을 바라보며 들판의 찬바람을 맛보는 사람이 거기 있었다. 잘 마른 소똥에 붙은 불은 오래도록 불씨가 남아 가느다란 연기를 애처로이 피워 올렸다. 겨울 들판은 불이 살기에 좋았다. 논두렁에 불을 놓는 일은 한겨울에만 가능했다. 길고 긴 논두렁의 불길은 며칠간 수백 개나 이어졌다.

정월대보름은 불길이 최고조로 치닫는 날이었다. 정월에는 거의 매일 밤 냇둑으로 몰려가 깡통에 철사를 매달고 빙글빙글 돌리며 놀았다. 어른들도 아이들을 데리고 나와 함께 불놀이를 즐겼고, 달집을 만드는 법도 전수해 주었다. 수백 개의 크고 작은 달집이 훨훨 타는 것을 보면서 액운이 사라지고 집안이 평안하기를, 마을에 풍년이 들기를 빌었다. 들판에는 한겨울에도 얼지 않고 쑥쑥 빠지는 땅이 있게 마련이었다. 멀리 던진 깡통 달집을 줍다가 진흙 속에 빠진 신발과 양말을 냇물에 씻느라 독감에 걸리거나 손발에 동상이 걸리기도 했다. 밤늦게까지 불장난을 함께 한 아버지도 나와 같이 이불에 오줌을 쌌다. 우리는 오줌싸개 공범이었다.

거름 중에 제일 좋은 거름은 발걸음이여

소멸과 정화, 재생과 풍요의 불은 인간과 우주의 질서를 바로 잡는 원소다. 일상의 어려움을 잊게 해주는 엑스터시의 순간, 활활 타오르는 환호의 순간. 억압된 것들이 불타 없어지는 절정의 도취감과 무한한 자유의지와 폭발하는 신명의 순간. 부정적인 '나'의 모습이 불의 기운으로 정화되어 새로운 질서로 재생되는 것. 정월대보름은 묵은 기운이 몽땅 소멸하고 새로운 기운과 질서가 솟구치는 날이었다. 불의 아우성! 불은 신령했다. 어른과 아이의 구분이 필요 없었다. 아버지와 아들이 함께 불장난, 불놀이를 했다.

어린 시절 우리집에는 기린표 유엔 팔각성냥이 있었다. 성냥을 그어 아궁이에 불을 지피고 호롱불을 살랐다. 불은 아궁이에서 매일 우리 가족의 식사와 소의 여물을 끓여주었다. 불은 아궁이 너머 온돌을 타고 방을 따뜻하게 데워주었다. 조리와 난방과 조명을 담당했다. 불빛 덕분에 나는 밤늦게까지 공부를 하고, 엄마는 바느질을 하고, 아버지는 새끼를 꼬고 삼태기를 만들었다. 엄마는 정월대보름이나 백중이나 제삿날에는 정안수를 떠놓고 촛불을 사르며 소원을 빌기도 했다.

아버지는 겨울이면 며칠 동안 왕겨를 태웠다. 왕겨 더미에 불이 붙으면 겨울비가 내리거나 눈이 펑펑 쏟아져도 불이 꺼지지 않았다. 사흘 동안 태운 왕겨는 밑거름으로 쓸 유기농퇴비가 되었다. 집집마다 마당에서 왕겨를 태우느라 하루 종일 하얀 연기가 솟았다. 우리 마을에서만 30여 군데 연기가 피어올랐다. 저녁을 지을 때면 굴뚝에서도, 마당에서도 연기가 피어올라 마을 전체가 운무에 휩싸인 것 같았다. 일주일 넘도록 왕겨 태우는 냄새가 마을에 배고, 들판까지 진동했다. 이웃 동네도 비슷한 시기에 왕겨를 태웠는데 가가호호 동네마다 왕겨를 태우는 의식은 경이로운 광경이었다.

우리집은 화재로 초토화된 적이 있다. 어릴 적 우리집은 담배 농사를 지었다. 담배 농사는 소 농사와 더불어 가장 수익이 높았지만 그만큼 고되기도 했다. 수확한 담배를 말리는 건조실에서는 막탄을 사용했다.

"불이야! 불이야!"

새벽 2시에 아버지의 다급한 목소리가 들려왔다. 담배건조실에서 시작된 불길은 순식간에 초가와 헛간을 몽땅 태웠다. 다행히 외양간의 소와 염소는 무사했다. 동네 사람들이 모두 모여서 물을 쏟아부었지만 광란의 화마를 막을 수는 없었다. 하숙비를 받으러 시골에 내려왔던 나는 하룻밤 새 잿더미로 변한 집을 목격했다. 사람이 다치지 않아서 다행이었지만 화마가 휩쓴 집에는 건질 게 아무 것도 없었다.

"인수야, 책가방은 멀쩡하네."

아버지는 웃으며 나에게 책가방을 건넸다. 불길 속에서도 아버지는 나의 책가방을 먼저 구해내신 것이다. 책가방은 아주 멀쩡했

거름 중에 제일 좋은 거름은 발걸음이여

고, 책도 멀쩡했다. 나는 내 몸만 빠져나왔는데 아버지는 내 책가
방을 챙겼던 것이다. 그날 오후, 시커먼 잿더미를 뒤로 하고 청주
로 나가는 버스를 타러 나섰다. 그때 아버지가 시커멓게 재 묻은
몰골로 동구 밖 버스정류장으로 가던 나를 부르시더니 하숙비가
담긴 봉투를 건네셨다.

"괜찮다. 아버지가 있잖아."

아버지는 씽긋 웃으며 내 어깨를 툭툭 쳤다. 그게 다였다. 버스
안에서 나는 울었다. 그런데 아버지가 있으니 정말 괜찮았다. 금
방 기운이 났다. 울다가 웃었고, 다시 울었다. 괜찮다, 아버지가
있잖아. 그 말은 든든했다. 그 후로 아버지는 보란듯이 불탄 집터
에 동네 최초로 옥상이 있는 단층 양옥을 지었다.

불은 소멸이면서 동시에 재생을 담당했다. 아버지는 그 자체로
불타는 인생, 불후의 인생이었다. 아버지는 불꽃이었다.

정월에는 거의 매일 밤 냇둑으
로 몰려가 깡통에 철사를 매달
고 빙글빙글 돌리며 놀았다. 어
른들도 아이들을 데리고 나와
함께 불놀이를 즐겼다.

아버지는
아들 친구의
친구가
되었다

우리집은 마을에서 가장 윗집이다. 우리집 앞을 지나야 동네로 들어갈 수 있다. 들판으로 가는 길은 마을회관에서 동쪽, 남쪽, 북쪽 세 갈래로 나있었다. 동쪽과 남쪽으로 난 길은 들판과 냇가로 이어진다. 북쪽으로 난 길은 마을 어귀와 초등학교로, 보건소로, 노인정으로, 게이트볼 치는 곳으로, 면사무소로, 농협으로, 오창과 증평 인터체인지와 괴산과 진천읍내로, 타지로 가는 길이다.

마을 어귀를 향해 난 북쪽 길 첫 번째 집이 우리집이다. 동네로 들어오고 나가는 사람과 물건과 기계와 소문과 정보가 우리집을 거쳐간다. 그래서 동네 사람들과 인사도 제일 많이 하게 되

거름 중에 제일 좋은 거름은 발걸음이여

는 곳이다. 아버지와 엄마는 사람들을 만날 때마다 두세 마디 인사말을 꼭 주고받았다.

엄마는 오 년 넘게 부녀회장을, 아버지는 오 년 넘게 마을 이장을 맡았다. 아버지는 초등학교 동창회 총무를 십오 년 넘게, 노인회 총무를 십 년 넘게, 노인회 회장을 오 년 넘게, 게이트볼 회장과 총무직을 오 년 넘게 맡았다.

아버지는 오토바이나 자전거를 타고 매일 노인정에 들러 기체조와 헬스를 하고 게이트볼을 친다. 농협과 보건소에도 들르고, 들판으로 나가 쏘다닌다. 마을의 수백 개 넘는 논밭 주인이 누구인지도 꿰뚫고 계셨다.

아버지는 우리 동네뿐만 아니라 인근 동네를 모두 꿰뚫고 계셨다. 이십 여 동네 8백 가구의 내력, 사람들의 성격과 관계망을 뚫고 있었다. 나는 그게 정말 신기했다. 한 곳에서 칠십 년 넘게 사셨기 때문에 풍문으로 전해 듣거나 이런저런 일들로 교류하며 해박해지셨겠지만, 이웃에 누가 사는지도 모르는 도시의 생활과는 격세지감이었다.

"인수야, 나 네 아버지랑 친구했다."

아버지는 내 친구 윤기선의 친구가 되었다. 아버지가 내 운동복을 입고 논배미에서 일을 하는데 오토바이를 타고 들녘을 어슬렁거리던 기선이가

"야, 인수야! 이놈아, 너 언제 내려왔냐?" 하고 큰소리로 반갑게

인사했다는 것이다. 기선이는 본디 넉살 좋고 능글맞은 친구다. 인수가 아니라 인수 아버지라는 것을 뻔히 알면서도 장난을 친 것이다.

"어, 인수하고 똑같네유. 아브님, 건강하시쥬?"

아버지는 깍듯이 인사하는 기선이를 불러다가 느티나무 아래에서 막걸리를 주고받았다.

"아브님, 제가 아브님께 이눔이라고 욕했잖아유. 뭐, 이왕 이렇게 된 거 우리 친구해유."

"그려! 아주 잘 됐네. 반갑다 친구야."

박장대소하며 아버지도 흔쾌히 수락했다는 것이다. 내 친구와 아버지가 서로 친구가 되었다. 아버지는 나이를 불문하고 살갑게 인사하는 사람들 모두에게 마음을 열었다. 나는 아버지 친구들을 잘 모르는데, 아버지는 내 친구들의 근황을 나보다 더 잘 알고 계셨다.

이웃 동네에서 돼지를 키우는 욱희 형은 넉살이 보통 아닌데다 능을 잘 친다. 비위가 좋고 얼굴이 두꺼운데다 살갑다. 격의 없이 솔직하게 말을 내뱉는 태도가 서글서글하다.

"아저씨! 우리 아버지는 내가 봐도 성격이 보통 까탈스럽지 않아유. 변덕이 옹생원 똥구멍이라서 아들인 저도 비위 맞추기가 아주 어려워유. 근데, 아저씨는 어떻게 우리 아버지랑 그렇게 친해유? 저는 아저씨가 정말 대단하다고 생각해유."

거름 중에 제일 좋은 거름은 발걸음이여

"허허허…."

제 아버지가 비위 맞추기 힘든 사람이라고 말하는 녀석과 아버지는 대화를 나눈다.

"참말이유. 우리 아버지는 아주 까끄라기 같아서 사람들이 다 싫어하는데 아저씨하고는 맨날 붙어 다니잖아유. 저는 그런 아저씨가 정말 고마워유."

"자네 아버지가 성격이 별스럽지. 성격이 까탈스럽더라도 본성은 착한 사람이여. 착한 본성을 보면 다 이해가 되는 것이여. 안 그려?"

아버지는 친구의 아들과 논두렁에서 이런 대화를 나누는 것이었다.

아버지의 친구들은 이제 대부분 이승을 떠나 저승에 가 있다. 그리고 남은 친구들도 급속히 이승을 떠나고 있다. 요즘 아버지 주변에서는 자주 일어나는 일들이다. 이것은 거역할 수 없는 자연의 이치다. 아버지도 요즘 병원에 가는 횟수가 몹시 잦아졌다. 매일 혈압약과 비타민, 위장약을 드신다. 아들인 내가 아버지의 친구는 못 되어드려도 말벗이나마 될 수 있다면 좋겠다.

인수야,
니
망 좀
잘 봐라

나는 늦여름에 태어났다. 무더위에 나를 낳고 온몸에 땀띠가 난 엄마는 출산 이틀 후에 찬물로 목욕을 하고 냉증을 오래 앓으셨다고 한다. 그런데도 병치레가 잦았던 핏덩이 아들을 업고 매일 십오 리 길 읍내 병원을 다니셨다. 주위 분들은 지금도 종종 "병약한 너를 포기하지 않고 살린 것은 네 엄마야. 네 엄마에게 잘 해."라는 말을 하신다.

초등학교 2학년, 나는 담임선생님에게 회초리를 오십 대나 맞았다. 노느라 산수 숙제를 못했는데 숙제 검사 시간에 몰래 검사를 받은 것처럼 속였다. 선생님은 수업이 끝난 뒤 나를 혼자 남겨 종아리를 때리셨다. 종아리에서 피가 흘렀고 내 눈에서도 닭똥

거름 중에 제일 좋은 거름은 발걸음이여

같은 눈물이 흘러내렸다. 교실 바닥에 떨어진 핏방울을 선생님이 손수건으로 닦으셨고, 숙제를 다 마치자 선생님은 나를 자전거에 태우고 어두컴컴한 시골길을 달려 우리집으로 향했다. 그날 우리 집에서 저녁을 드신 선생님은 이후로 엄마와 매우 친해졌다.

초등학교 6학년 때 엄마가 학교에 오셨다. 일일교사로 꽃무늬 정장을 입고 교탁 앞에 서 있는 엄마를 보니 나는 긴장감에 고개를 들 수가 없었다. 눈을 마주치면 엄마가 말문이 턱 막혀서 말더듬이가 될 것만 같았다. 엄마는 담배 농사, 고추 농사에 대해 한 시간 동안 열변을 토하셨다. 친구들이 크게 박수를 치고 질문도 했다. 그때마다 나는 얼굴이 빨개져 고개를 들 수가 없었고, 손과 이마에 땀이 잔뜩 났다.

엄마는 손이 컸다. 밥, 반찬, 국, 음식은 무조건 많이 했다. 거지들이 오면 야박하게 거절하지 않고 반드시 주먹밥이나 술빵, 찐빵, 찐 옥수수를 주었다. 탁발승이 오면 보리쌀, 흰쌀, 수수, 콩 등을 퍼주었다. 아버지 생일이면 어김없이 수수팥떡이나 팥시루떡, 팥인절미를 해서 이웃과 큰집에 나눠주었다. 떡을 나르는 심부름은 내 몫이었다.

"먹을 것과 복은 나눠야 한다. 나누면 복이 다시 굴러 들어온다."
엄마는 자식들에게 늘 이렇게 말했다. 엄마는 나누기를 좋아했다.
엄마는 또 막걸리와 맑은 청주를 잘 빚었다. 할아버지와 아버지의 술은 엄마가 담당했다. 고두밥에 누룩을 잘 섞어 항아리에 넣고 물을 부어 막걸리를 빚고, 막걸리를 밑술로 덧술을 만들어 맑은 동동주를 빚곤 했다. 덕분에 나는 일찌감치 술맛을 알게 되었다. 초등학교 저학년 때부터 술심부름을 하면서 한두 모금씩 홀짝거리다가 고등학교 때는 이미 술꾼이 되어 한 달에 몇 번은 술을 마시곤 했다. 그러나 이십여 년 전 아버지가 교통사고를 당한 이후 엄마는 술 빚기를 그만두셨다.

내겐 평생 잊을 수 없는 엄마와의 추억이 몇 가지 있다.

엄마는 콩이나 옥수수, 고추를 딸 일이 많아 밭고랑에서 주로 볼일을 보셨다. 그러면 꼭 나에게 "인수야, 니 망 좀 봐라." 하신다. 어릴 적에는 아무것도 모르고 망을 봤지만 초등학교 6학년이 되고부터는 좀 창피했다. 그래도 대들거나 거역하지는 못했다. 엄마의 오줌소리를 듣기도 했고, 바지춤을 내리고 올릴 때 엄마의 하얀 엉덩이를 본 적도 많았다.

엄마는 음력 7월 보름인 백중날이면 나를 데리고 증평장에 갔다. 그 무렵이 내 생일이었기 때문이다. 엄마와 나는 팥과 참깨를 짊어지고 가서 증평의 단골 잡곡상회에 내다팔았다. 엄마는 그 돈으로 내게 운동화, 양말, 반바지 등을 사주었다. 유독 나는 엄마를 따라 장에 많이 갔다. 그래서인지 지금도 방앗간에 가서 떡을 하고, 참기름을 짜고, 고춧가루를 빻는 일은 내 몫이다.

추석을 몇 주 앞둔 일요일, 고추 50근, 팥 2근, 깨 20근을 싣고 오창에 있는 방앗간으로 갔다. 매운 고추를 빻는 중이라 세상 모

든 재채기가 다 모인 듯 너나없이 재채기를 쏟아냈다. 방앗간에
서는 누구하고나 금방 말을 트고 얼굴을 익힌다. 개구리 떼처럼
바글바글한 손님들은 커피를 뽑아 서로에게 권했다.

"아줌니는 지금 몇 살이나 잡셨어유?"

"야든 둘."

"어메, 왜 이리 젊어봬유? 나보다 열 살은 젊어 뵈는디."

"그럼 자네는 몇 살인디?"

"나유? 야든 셋."

"아이고, 그럼 나는 소녀여."

일흔여섯 엄마가 자신을 소녀라고 하면서 깔깔 웃는다. 모두들
한바탕 웃는다. 방앗간은 온통 이야기 풍년이다.

고등학교 1학년 때 엄마에게 불호령을 들은 적이 있었다. 청주
에 나와 하숙을 하고 있었는데 학기 초라서 학교에 낼 돈과 학용
품이나 책이 많이 필요했다. 남은 용돈이 한 푼도 없었다. 한 달
만에 간신히 빈손으로 시골집에 돌아갔다.

"한 달 만에 집에 오면서 빈손으로 오는 아들놈이 어딨어?"

엄마는 천원을 주며 불호령을 내렸다. 오 리 길을 걸어 양조장
에 가서 약주 세 병을 샀다. 그제야 엄마는 아들에게 큰절을 받았
다. 다음 날, 한 달 용돈 삼만 원과 학비를 받아들고 청주로 떠났
다. 그래서 지금도 시골집에 갈 때는 빈손으로 갈 수가 없다.

아버지는 여러 번 큰 사고를 당했다. 늑골, 팔뚝, 골반, 척추, 식

도, 콩팥 등 수술을 열네 번이나 받았다.

"니 아버지는 나이 값커녕 아주 꼴값을 떨어서 내 염장에 불난다."

엄마는 아버지를 지극정성으로 간호하셨다. 농사일하랴, 병원에서 병간호하랴, 사골을 푹푹 삶으랴, 아버지 욕하랴, 분주하게 사셨다. 아버지 욕을 하면서도 아버지 뒷바라지는 지극정성이셨다. 엄마의 욕을 듣고 있으면 자식으로서 민망하기도 했지만 엄마의 마음이 이해되기도 했다. 또, 어쩐지 엄마의 욕을 들으면 시원하고 후련했다.

얼마 전 아버지는 엄마에게 노인용 전동차를 한 대 사주었다. 엄마는 이제 전동차를 타고 들판을 다닌다.

"이놈이 참 잘 가. 저승사자도 이런 놈이면 좋겠구먼."

엄마의 전동차 칭찬이 자자하다. 엄마는 매일 세 끼 식사 후에 진통제를 드신다. 무릎과 허리 통증 때문이다. 안짱안짱 신발을 끌다시피 겨우 걷는다. 허리가 굽어 키가 반쪽이 사라졌다. 언젠가는 전동차처럼 착하고 잘 굴러가는 저승사자가 오기를 바란다.

거름 중에 제일 좋은 거름은 발걸음이여